百靈遊戲

ONE HUNDRED SOUL

3 與另一個世界通話中

作者 凱佳

繪者 哈尼正太郎

朱雀文化

目錄

前言

故事發生之前

回到數十年前的情況。

現在有一個沒穿上衣且喝醉的男人，用他那赤裸的雙腳，走在一條被人開闢出來的林間小徑上面。在這條小徑兩旁，則是一整片森林，看起來杳無人煙。再往前走，就有一條小運河，這條五十年前仍有水流的運河，現在則是完全乾涸了。另外，在那裡還有一座神龕，神龕上祭奉神明的地方，已經整個倒在泥土地上，且被旁邊一棵大樹的落葉給遮掩了大半；至於神龕下方的支架上，則是沾滿了泥巴與斑斑的黑色血跡，兩者之間，看起來已經幾乎沒有什麼不同了。不過那些遺留下來的血跡，則是替這座神龕增添了幾許神祕感！

然後，這個男人就走到一間茅草屋前。在這間茅草屋下方，有著六根用來支撐整個結構的木柱，另外也看到了用來養雞的竹籠。住在這裡的居民都知道這間茅草屋是一位降頭師的家。

這時那位喝醉酒的男人，就坐在通往茅草屋的樓梯上，一直呼喊著要那間茅草屋裡的主人出來。

「喂！降頭師！你出來讓我看一看吧！聽這裡的居民說，你可以讓人死而復生，我倒想知道這個傳言到底是不是真的！」

那位男人說完之後，四周仍是安安靜靜的，似乎一點反應都沒有。但可以確認的是，他將會因為酒後亂說話而付出慘痛的代價！

「你他媽的給我出來！你把我老婆的屍體拿去做什麼鬼降頭的法術，會不會太誇張啊？！」

這時在茅草屋門口，慢慢地出現了一道黑色陰影。不久，就傳出一個極為慘烈的叫聲，這個叫聲大到連數百公尺外的人都聽得到。從此之後，再也沒有人看到那位喜歡喝酒的男人的身影。過了幾個月之後，有人嘗試進去那間茅草屋一探究竟，卻發現並沒有任何人住在那裡。

茅草屋中沒有任何人，只剩下斑斑血跡與腐爛的噁心臭味！

故事1

活的人／死的人

在一片黑暗之中，有一盞白色的燈光，在編號一四二的教室裡面，有一位小女孩正坐在某一張學生課椅上面。這時那盞白色燈光不停地搖晃，而那個小女孩也不斷地發出啜泣聲。

「沒有……沒有……沒有……」

她把手伸進了桌面下方，一邊哭一邊摸，似乎在找某樣東西。

「沒有……沒有……沒有……」

這時她原本要走去另一張桌子，但是此時教室的門突然被打開來，有一位穿著高中制服的男孩子，就出現在教室門口。

「需要我幫忙嗎？」

這時那位小女孩慢慢轉頭去看他，然後在一片寂靜之中，出現了一聲驚恐的尖叫聲！

活的人

一顆羽毛球飛過我的頭頂，我嘗試要揮拍去打，但是揮了個空，最後那顆羽毛球就在離我大約五公尺的地方掉了下來。

「小川！妳是要打給誰接啊？」

「拜託！我的視力本來就不太好啊！」

「拜託，這和視力應該沒有什麼關係吧！我想其實是因為妳的運動神經不太好。」

小娜說完之後，小川就生氣地把球拍扔給她，獨自走到球場邊。這時我和小娜也因為小川的反應，忍不住笑了起來。

在經歷過前幾個月發生的事情之後，我的高中生活似乎又回到了原來正常的軌道。但是有的時候我也不禁想，為什麼我的高中生活跟其他「普通學生」不太一樣呢？難道是因為我們玩過一百個鬼魂的遊戲？

一百個鬼魂的遊戲是一種已經帶走許多無辜生命的可怕遊戲。而在那些無辜死去的人之中，有我完全不認識的人與我所認識的人。在我認識的人之中，包括了我最愛的朋友、最敬重的老師與我曾經照顧過的學妹。除此之外，當時這個遊戲也幾乎要帶走我的生命！

現在我已經回到平靜的生活，而且在坤庫老師死了之後，學校裡關於一百個鬼魂的遊戲的傳言也就慢慢地消失不見。不過就我所知，坤庫老師是少數幾個知道這個遊戲的人，而且在他小時候，他也曾經贏過這個遊戲，儘管老師一直否認，說自己並沒有贏過這個遊戲！但是無論如何，現在校園裡關於學生離奇死亡的傳言幾乎沒有了，而這樣的情形，也讓我相信一百個鬼魂的遊戲，最後終究會消失不見！

「像這樣打羽毛球也挺有趣的！」小娜說，這時我和小娜正向小川的方向走過去。到了之後，小娜挽著小川的手臂說：「好啦，小寶貝！妳不要生我的氣啦！妳知道妳的臉現在看起來很像便祕的人嗎？」

聽到小娜的話之後，小川慢慢地露出笑容，接著她就把手伸進旁邊的書包裡，然後聽到她發出了「咦？」的一聲。

「怎麼了？」我問小川，這時我看到小川不停地在書包裡翻來翻去，似乎嘗試要找什麼東西。

「我的鑰匙圈不見了！拜託！我剛剛才買的。」小川感到可惜地說。

「是不是不小心掉在上堂課的教室裡？我們上一堂課是什麼？要不要一起去找找看？」小娜說。

於是我們三個人站了起來，往一號大樓的方向走去。我們的目標是一號大樓的四樓，那裡一整排都是教室，大部分都是用來上數學課與科學課，不過有時候也會用來上其他課程，這要視學校的安排而定。我們的上一堂課是數學課，地點就是在靠近樓梯的一四二教室裡。

我們一到這間教室，小川馬上走進這間空蕩蕩的教室裡，想要快點找到她消失不見的鑰匙圈。

「還好在我們上完課之後，並沒有其他人接著上課，要不然我相信妳一定沒有辦法找回鑰匙圈。」

過沒多久，小川就找到了她的鑰匙圈，然後笑嘻嘻地說：「幸好還在！」

當小川彎腰去撿掉在地上的鑰匙圈時，我看到在她斜後方的窗戶緊閉著，和其他保持開啟的窗戶不一樣。我感到有點納悶，於是從小川身邊經過，走向那扇幾乎是在教室最後面的緊閉窗戶。

「小珠，發生了什麼事？」小川轉頭來問我。

「好奇怪，這一扇窗戶是關著的。」我一邊跟她們說，一邊嘗試要去推開這扇窗戶。不過無論我怎麼推，就是無法推開它。

「真的推不開耶！說不定它已經卡住了。」小娜走過來幫我，她邊推邊說。其實小娜的力氣是我們三個人之中最大的了，但是當她用力的時候，窗戶卻是一動也不動，看起來像是一開始就設計無法打開。

「真的好奇怪，至少它應該會動一下吧！而且它是用木頭作的，像我們那麼大力推，用物理學來解釋，它不可能都沒有反應啊！」小川說。

「唉唷！妳別用物理學來解釋啦！我一點都聽不懂。算了，不用再浪費力氣了，我推到手都痛了。我想它應該是太久沒有使用，已經整個卡死了！」小娜雙手扠腰，沒好氣地說。

「但是……我還是感覺怪怪的。妳們看，除了這扇窗戶，其他窗戶都可以打開。而且最奇怪的是它硬得像石頭一樣！」我納悶地說，仍舊站在那扇窗戶前。

小娜對我揮揮手，示意我不要管它了，然後馬上把我和小川拉到教室外面去。出去之後，當她們兩個已經準備走下樓梯的時候，我卻突然在教室門口停了下來，因為我聽到了一個奇怪的聲音！

「什麼聲音？」

我試著專心去聽，覺得那個聲音一定是從教室裡頭傳來的，很像是有人敲木頭所發出來的聲音。我轉頭去看那扇緊閉的窗戶，心想聲音是不是從這裡傳出來的呢？

「小珠！趕快下來吧！」小娜大聲地叫我，不過我並沒有理她，反而走向那扇緊閉的窗戶，然後用手再次觸碰它一次。

這時，突然有一個男孩子的影像出現在我的頭腦裡面，不過時間相當短暫，短到我幾乎記不住他長什麼樣子，只依稀記得他是一個穿著國小學生制服的小男孩。但是在我的潛意識中，我覺得這扇窗戶一定發生過什麼事情，不過到底是什麼事情呢？於是我從旁邊開著的窗戶探頭去看外面，也沒有看到什麼東西，或許只是我想太多了吧！

「應該沒什麼事了吧！」我告訴自己，然後準備轉身要走出去。不過當我轉身過去僅僅一秒鐘的時間，教室裡原本開啟的窗戶，就從前面一扇接著一扇地關上，直到最後一扇窗戶為止。這時看到這幕場景的我，只能目瞪口呆地站在原地。

「誰啊？」

這時在教室的黑板上，慢慢地有像是用粉筆所寫的白色字體出現，上面寫著「請幫我們！」這幾個字。這些字寫得歪七扭八，看起來寫字的人的身體似乎有什麼問題，讓他無法好好地把字寫清楚。

「誰啊？」我再問一次，不過除了黑板上所留下的字，並沒有任何其他的回應。

我往後退了幾步，手不小心碰到後面的椅子，於是我轉頭過去看，突然看到一個男學生正低頭坐在某張課桌椅上。這時我看到他的身體一直發抖，雙手緊握，緊到我可以看到指甲戳進肉裡所留下的痕跡。

「你是誰呀？」我嘗試低頭去看他，不過他的瀏海長到我無法看清楚他的臉。

但是一下子，他就抬起頭來看我，同時也用手抓住我的手臂。這時我可以看清楚他的臉，但也因此讓我嚇到講不出話來！

這根本就不算是一張臉，因為只看到骨頭和一些紅色的碎肉！另外，他一邊的眼眶裡什麼都沒有，整個空洞洞的；而另一邊的眼眶裡，則是只有一顆孤伶伶的眼球，沒有其他的肉可以支撐它。還有由於幾乎沒有肌肉的遮蔽，所以我可以清楚地看到他那三十二顆黃黃的，且排列不整齊的牙齒。最後，當他嘗試要說話的時候，臉上剩餘的紅色碎肉，看起來幾乎快要掉下來了。

「啊！！！」

「拜託！！妳到底在亂叫什麼啊？」

小娜的聲音讓我從夢境中醒了過來，當我睜開眼睛的時候，我無法確定那是真的，或者只是我在胡思亂想。但是我現在正站在樓梯上，我想如果沒有小娜剛剛叫我的聲音，我很有可能已經摔下去了。

「小珠妳怎麼了？為什麼突然大叫呢？」小川轉過頭來問我。

「呃……我們來這裡做什麼？」我問她們。

「拜託！妳發瘋了嗎？我們來這裡是為了幫小川找她的鑰匙圈啊！」

「對啊！小珠妳到底怎麼了？是不是不舒服啊？」小川似乎同意小娜的看法。

我轉頭回去看後面，發現原來我才往下走了一階樓梯，所以仍然可以看到一四二教室。不過現在我不想回去證明什麼，也不想把這件事情告訴別人，就當作是我自己在作白日夢好了。

「可能是一百個鬼魂的遊戲害妳變得神經有問題了吧！」小娜認真地說。

「小娜！我們不是已經說好不要再提這件事情了嗎？」小川說。

「我也不想說什麼了，但是我覺得妳喜歡對我們隱瞞祕密。像這次妳又遇到了什麼事情？又想要一個人去面對處理了嗎？」小娜對著我說。

「沒有啊！我也沒有要處理什麼事情。」我真誠地回答。

「妳一定遇到了什麼事情，不要讓我發現妳和我們之間還有什麼祕密！妳也不要忘記，我們可是真正的朋友啊！」小娜嚴肅地看著我說。

「小珠！妳該不會像小娜所說的那樣吧！如果妳遇到了什麼事情，一定要跟我們說，可不要一個人隱瞞祕密啊！」小川懷疑地看著我說。

這個時候我突然想到上個月，我在公車站遇到一個老男人，他走過來跟我講話，然後給了我一個東西，他所說的那句話則是讓我納悶到現在。

「一百個鬼魂的遊戲並不會不見，除非有人可以徹底地毀壞這個遊戲，而這個人說不定就是妳！」

我將手伸進口袋，把一個很像裝著茶葉的黑色錦囊拿出來給小娜和小川她們看。

「那是什麼？」小娜把那個袋子拿起來，仔細端詳了一下。

「妳不要告訴我，這是一個被下過降頭，讓我們可以看到鬼魂的東西喔！」小川假設地說。不過她並不知道這個東西的功用，跟她所想的完全不一樣。

「不是啦！這其實是坤庫老師的護身符，對鬼魂來說，它具有很強大的保護作用。」我說。

「保護作用？像老師那樣的人也會怕鬼嗎？」小川不太相信地說。

「不是啦，我想是因為老師具有普通人所沒有的靈異體質，所以會看到比較多的鬼魂，而這個護身符只是要讓他少看到一點鬼魂而已吧！」小娜試著解釋。

「對啊！我看過一部名字叫作『靈異教師神眉』的日本卡通，裡面有一個具有靈異體質的學生，後來由於受不了這樣的情形，就請神眉老師幫忙解決這個問題。因此，說不定坤庫老師也是這樣，所以才需要帶護身符吧！」我說。

「那妳怎麼會拿到這個東西呢？」

「是坤庫老師的爸爸給我的。」

小娜的臉色看起來充滿疑惑，她接著問：「給妳嗎？什麼時候？」

「好啦！這件事情發生也滿久一段時間了，更何況我們也不想再提到之前的事情了，不是嗎？所以我們停止這個話題好了。」我邊說邊推著她們兩個人走下樓梯。

走下樓梯的時候，我們提到上個月參加宿營的事情。主要是因為我們都還沒有到達宿營地點，車子就衝進河裡面，所以讓大家的印象特別深刻。

當大家正聊著這件事的時候，我再次轉頭去看樓梯上面，就又看到那個小男孩躲在一四二教室的轉角處，然後也探頭出來看著我。這次同樣也是因為他那過長的劉海，所以我無法看清楚他的真面目，不過倒是依稀可見他臉上的一些腐肉。

到底這個小男孩是誰呢？

「喂！妳是否感覺到什麼？」小川突然打斷小娜的話說。

這個時候我們三個人在連接二樓與三樓之間的樓梯停了下來。

「有什麼問題嗎？」小娜邊問邊轉頭看著四周，看起來她也是感覺滿害怕的。至於我自己也有怪怪的感覺。

「我感覺有人看著我們，真的！」小川小聲地說。

「妳不要開我玩笑啦！」小娜說。但是小川從來沒有對這樣的事情開過玩笑，而且小娜的口氣聽起來也似乎是相信小川所說的話。

這時我又轉頭回去看樓梯上面，以為那個小男孩會跟著我們走下來，不過他並沒有這樣做，而且樓梯下面也沒有看到什麼東西。

「啊！！！」

小川突然大叫，於是我和小娜馬上走過去抓住她的手，因為小川是我們之中最膽小的一個，而且坤庫老師也曾經告訴過我們，如果她受到驚嚇，一定要趕快安撫她，避免她因為驚恐而休克。

「什麼？什麼？妳到底看到了什麼？」小娜趕緊問小川。

「妳沒有看到嗎？有人頭下腳上地倒掛在上面……就在那裡啊……」小川一隻手遮住眼睛，另一隻手則是指向樓梯。

我和小娜相視了一下，就一起轉頭去看小川所指的地方，卻沒有看到任何人。

「小川，沒有啊！」

「但是我看到了！我真的看到了！」

這時我放開了原本抓著小川的手，走上樓梯。在我看了看四周的情況之後，我轉過頭來，對小娜搖了搖頭說：「真的沒有什麼東西！」

「但是我看到了……我看到了……她是女生……短頭髮！我沒有看錯，我也沒有騙妳們……妳們也知道……我們也都曾經遇過這樣的事情！」小川一直不停試著解釋。

「女生？」我回問小川，同時從樓梯中間的空隙往上看，不過並沒有看到任何人走下來，也沒有看到誰站在上面。於是我開始往上走，走到另一層的樓梯，現在我已經可以清楚地看見最上面那一層樓梯了。

有一個小女孩靠著牆，雙手抱膝地坐著那裡。另外，她把臉埋在雙腳中間，頭髮則是蓋住了大半的膝蓋。

「咦？真的有人在這裡啊！」我馬上三步併作兩步，跑下去告訴小娜和小川。

「妳看！只是一個普通的人。」小娜轉頭去安慰小川。但是當她們再度轉頭要跟我講話的時候，她們突然瞪大了雙眼，似乎看到什麼可怕的東西！

「小珠！」

我馬上轉頭去看後面，看到同一個小女孩頭下腳上地掛在那裡，而且給了我一個微笑，與屬於她這個年紀的笑聲。

「啊！！！！！！！！」

死的人

我很怕，怕到不敢睜開眼睛，只能一直跑一直跑，跑到不知道自己現在身處何處！不管現在所在的地方是高是低，我只管告訴自己別睜開眼睛，因為我怕一旦睜開眼睛，我就無法觸摸到周圍的東西了。除此之外，為什麼我現在感到身體輕飄飄的？為什麼我無法感受到周圍的空氣呢？

「怕嗎？」

我轉頭面向聲音的來源，但是此時我仍然閉著眼睛，一點都不敢問這個聲音是誰的，怕自己所發出的聲音會顫抖且有回聲，就像那個聲音一樣！

「我已經遇過很多像妳這樣的人了，不想接受自己所遇到的情況！」

這時我嘗試用雙手蓋住臉，卻只有碰到空氣的感覺。

「如果妳可以接受自己現在的情況，妳就不會那麼害怕！從現在開始，妳會一直遇到這種觸碰不到東西的感覺，連妳自己的身體也一樣。所以妳一定要接受自己已經死亡的事實！」

聽完之後，我慢慢地用顫抖的聲音說：「我……還沒有死！」

「妳已經死了！」

「我還沒有死！！！」

「妳先看看自己的情況吧！」

於是我張開眼睛。

我現在穿著學生制服，全身都是白色的，包括裙子和鞋子。在我的上衣和裙子上，布滿了血點，許多已經變乾變黑的血點。這時我想起來，在那一天我遇到什麼樣的事情了。

「她發生了什麼事？被殺嗎？」有個聲音傳了過來，於是我轉頭去找那個聲音的來源，在這同時，我注意到我周圍的情況。這是一條四線道的馬路，在馬路旁邊，是一整排兩層樓的木造舊房屋，然後我就看到一個女生，她正站在一個「禁止停車」的標誌下面，而這個標誌則是讓我開始回想起一件事情。

「我被車撞！」

接著那個女生從圍觀人群中走了出來，讓我可以把她的身體看得更清楚。我發現她看起來跟我不太一樣，身體比較像人的肉體，有真實的感覺；而我的身體則是看起來不太清楚，輪廓也沒那麼清晰。另外，我看到她穿著一件合身的白色洋裝，不過在她的肚子下面，我卻看到了一點點血漬。

「妳只是遇到這樣的情況嗎？」她張開雙手，在原地轉了一圈，看起來想要表現什麼，然後接著說：「雖然我現在的情況是這樣，但是之前所遇到的事情，可是要比妳嚴重許多！」

「您是誰呢？」我納悶地問。

「我是一個陪酒小姐，這是像你們這些有學問的人對我的稱呼！」說完之後，她那擦著玫瑰紅的嘴唇露出一個微笑，這個微笑看起來有點性感，卻又帶著一點危險的感覺。然後她接著說：「我會為了賺錢出賣自己的身體！」

「那妳……是怎麼死的？」

「我被一個可惡的男人殺死，而且在殺我之前，他還侵占我的身體！」當她說這句話的時候，臉色並沒有那麼憤怒，不過我仍然看到她露出殘酷的笑容，接著說：「當我知道是他害死我之後，我就千方百計地想要找他報仇。於是我每天不斷地去騷擾他，直到他受不了而跳樓自殺！」

說話的同時，她在我旁邊走來走去。雖然她是鬼魂，不過我一點都沒有害怕的感覺。

「當妳接受自己已經是鬼的事實之後，妳就會發現自己可以做很多事情。妳知道嗎？當妳讓很多人感到恐懼害怕的時候，那是一件多麼好玩的事情啊！」她說完之後，就在離我大約一步的距離停了下來。這時我看到她原本漂亮的臉蛋，突然變成一張腐爛的臉孔，而且那些腐爛的黑肉慢慢地不見，讓我可以看到原本藏在肉下面的骨頭。

「啊！！」

「妳看到了嗎？」當我因為害怕而用雙手遮臉的時候，她笑嘻嘻地問我。她再接著說：「這是我們所擁有的一種力量，所以妳在怕什麼呢？如果妳常常練習，有一天妳會變得更厲害！」
「我並不想變成這樣啊！」
「但是妳已經變成鬼了，就像其他很多人的遭遇一樣。」她小聲地說。
這時她慢慢地把我的手拉下來，然後用手指著周圍給我看，於是我看到在一棟大樓的窗戶旁，有著綠色的亮光；在一盞路燈下面，有一道黑色的陰影；另外，路上則是有很多看起來像人的黑色陰影，正在走來走去。而這樣的情況，就像是一個完全不一樣的世界，充滿了冷漠與無情。另外，我也感覺像是被關在一個盒子裡，感受到的只是一片無聲無息的黑暗。
「我……我沒有辦法留在這裡！」
「為什麼呢？」
「我得走了，因為有人正在找我，所以我必須先離開了。」我對她說。
「是誰呢？妳是怕鬼差嗎？拜託！這件事情是不存在的，我們只會一直留在這裡，直到有其他鬼魂來代替我們，我們才可以離開，去其他地方。」
「不！」我搖了搖頭，接著說：「妳可能不了解我，如果它找到我，我就一定會變成和我朋友相同的情況！」

「妳說的到底是什麼事情？」

她問完沒多久，就突然有一個冷酷的笑聲，從黑暗中傳了出來。於是我轉頭去看這條馬路末端，過一下子，我就看到有橘色的亮光慢慢出現，同時那個笑聲就像是有人轉大音響的音量，越來越大聲。

「它來了，我真的得走了！」我嘗試甩開那個女生的手，而且她看起來則是一臉疑惑的樣子。

「是誰啊？」她再度問我。

但是這次我沒有回答她，不過這個時候，我終於知道為什麼先前我會一直跑了。

沒多久，就有一個禿頭，身體歪歪的老男人出現在路中間。這時我看到他一隻手拿著蠟燭，當他笑的時候，也看到他那黃黃不整齊的牙齒。在這同時，我已經甩開了那個女生的手，不過卻也不小心跌倒，我的雙腳因為恐懼而不斷發抖。

「妳沒有辦法逃出我的手掌心……」

「什麼東西？他到底是誰啊？」那個女生似乎也嚇了一跳，但我已經沒有時間理會她了。所以我很快地從地上爬起來，頭也不回想要趕緊逃離這個地方，逃離這個又醜又可惡的老男人！

「請幫幫我！請幫幫我！」一我邊跑邊大聲地叫，即使我已經知道沒有人有能力幫我，但我仍然抱著一絲絲的希望。大叫的同時，我還是不斷地往前跑，但是我一點都不知道我還需要跑幾年，甚至幾百年才能夠擺脫他的糾纏。

由於當我遇到困難的時候，習慣拿出手機打電話到警察局，所以我伸手進口袋，想要找手機，不過卻發現什麼東西都沒有。再仔細想想，現在就算我有手機，應該也沒有什麼幫助才是。

現在我已經累到幾乎跑不動了，那個難聽的笑聲離我越來越近，就像是那個老男人在我耳邊大笑。因此，我已經幾乎要崩潰了，我一直哭一直哭，儘管我一點都不想接受，但是一旦創造這個可惡遊戲的老男人抓到我，我就得接受面對後續的殘酷事實了。

我無助地仰望著黑暗的天空，完全沒有星星，完全沒有月光，就連一點雲朵也沒有，有的只是一整片的黑暗。

那個笑聲離我更近了，似乎會帶走我的生命。不過現在我已經死了，還需要害怕什麼嗎？還有什麼會比這個更糟糕嗎？

「請幫幫我……請幫幫我……誰都可以，請幫幫我就好……」

我現在真的很害怕，我不想像我的朋友一樣，我還記得朋友的肉被切下來，然後黏在我看不到的東西上面！而且那時候她的臉色看起來很痛苦，似乎就算她已經死了，也無法離開那個痛苦的感覺。

這時突然有隻手抓住我的肩膀，把我從地面上拉了起來。

「不！放開我！！！」

緊接著我被拉進一條小街道，當我不斷地掙扎的時候，突然有一個聲音在我的耳邊說：「小潘！小潘！」

於是我停止掙扎，馬上轉頭去看後面，但是由於周圍實在太黑，所以我無法看到什麼東西。這時那個人就放開我，然後牽住我的手。

「來這邊！」

對我來講，我打從心裡相信這個聲音，所以我跟著他走，而且原本聽到的那個難聽笑聲，也就慢慢地消失不見。沒多久，我們就到了另一邊，而且這個地方看起來跟剛剛那裡不太一樣。除了有皎潔的月光，還可以看到雲朵掛在廣闊的天空上。

這時我終於看到那個帶著我逃跑的人，但仍然不敢相信有人會帶著我逃跑！

「沒有人跟著我們，是不是？」另外一個站在他旁邊的男孩子說，他的動作看起來小心翼翼的。我從來沒有見過這個男孩，不過似乎這位男人認識他。

「沒有了啦！」他回答，然後轉頭來看我，給了我一個溫暖的微笑，不過他的身體看起來也和我一樣，同樣不太清楚！

「小潘！妳還好嗎？」

在我看到那個男人的臉之後，我嚇了一大跳，一點都不想去管其他事情，只有一個問題想問：

「老師……您怎麼會變成這樣？」

坤庫老師用手抓了抓他的頭髮，然後笑笑地問：「我也想要問妳，妳到底是比我早死，還是晚死呢？」

故事2

鬼來訪

在這一條繁忙的道路上，到處都是行人與車子。

但是在另一條路，有一個老男人。他穿著舊舊的衣服，帶著一個袋子，一個人走在路上。其實他的身高也滿高的，不過由於年紀的關係，看起來有些駝背；他的頭髮仍然相當豐盈，但是已經開始有灰白色的髮絲出現。現在他伸手進去袋子裡面，似乎試著尋找什麼東西，當他把那個東西拿起來的時候，它看起來很像一顆石頭。最後，他看著那個東西，然後搖搖頭。

「坤庫，你去哪裡了呢？」

他說完沒多久，就有一個女生跑過來，不小心撞到了這個老男人，讓他手裡的東西都掉下去。

「對不起！我太急了！」她一直道歉，蹲下去幫忙撿掉在地上的東西。但是那個老男人並沒有幫她一起撿，只是站在那裡看著地下的東西。此外，他也一直注視著她身上那張記者證上的名字。

「妳是記者嗎？」他問。

「是的！呃……叔叔你知不知道這間學校呢？」他一邊說一邊把一張小紙條拿給他看。當他一看到紙條上學校的名字，就露出了一絲微笑，似乎對這間學校有好感。

「知道啊！但是妳要去那裡做什麼呢？」

「最近在這間學校裡面，好像有很多學生不幸死亡。因此，我被賦予採訪這間學校的任務，要對裡面的學生與關係人做一些訪談。」

「那……妳有沒有聽過一百個鬼魂的遊戲？」

活的人

現在的我睜開眼睛，正躺在學校醫護室的床上。這裡很安靜，卻讓人感覺到有一點可怕，特別是當我躺著的時候，我一直感覺有人看著我。而我之所以躺在這裡，主要是因為剛剛的事情讓我嚇了一大跳，以致於我從樓梯上面滾了下來，讓我的頭不小心撞到地面，所以我現在還感到有點疼痛。直到現在，我也不知道為什麼就連白天我也會一直遇到鬼魂，如果追溯到之前，我遇鬼的頻率可是越來越高了。

不久，外面就傳來了吵鬧的聲音。

「我已經告訴妳了，這裡沒有叫作小珠的學生！」

「但是剛剛妳自己跟小珠的朋友說，小珠躺在這間房裡面！」

「我們朋友叫作小……小……呃……」

「小祝！！！」

「對啊！對啊！我們的朋友不是小珠，而是小祝。在這間學校裡面，根本沒有小珠這個人啦！」

「妳們應該是騙我的吧！」

「沒有啦！拜託！這裡可是我們的學校，請妳對我們親切一點好嗎？」

我慢慢地從病床上坐起來，透過前方的簾子，看到醫護室門口發生的情況。小川和小娜正試著擋住門口，因為有一個頭髮長長鬈鬈、皮膚黑黑的女生，正嘗試著要推門進來。

「呃！到底發生什麼事了？」

到現在，事情似乎越來越誇張了，於是醫護室裡的老師走了出去，要那位女生趕緊離開。那位女生離去後，就看到小川和小娜跟著老師走進來，然後似乎被罵了一頓。

「發生了什麼事嗎？」當老師已經回去房間之後，我問她們。

「我遇到記者，她說想要採訪妳！」小川說。

「哇！真的嗎？我變成名人了嗎？」

「拜託！那個記者是要向妳採訪關於『那件事情』啊！」小娜臉色不太好地說。

「那件事情」就是關於一百個鬼魂的遊戲！其實我們已經討論過了，除非是很重要的情況，要不然就盡量不要提到那件事，我們想要把它徹底遺忘。

「為什麼她想要採訪我呢？」

「我覺得一定有人……謠傳妳和那個遊戲有密不可分的關係！」小川說。

「我覺得是我們學校的學生！」小娜說。

「不會吧！我們學校的學生可能會知道我和一些靈異的事情有關，不過他們並不是真的認識我。」我說。

「但是那個記者說，是一個男生跟她講了這些事。」小娜說。

我嘗試去想，有哪一個男生知道我和一百個鬼魂的遊戲之間的關係？但是想來想去，我只想到了一個人的名字！

這時候，小娜和小川似乎也想到某些事情。

「我覺得一定是那個皮膚黑黑的穆拉！」小娜握拳地講，看起來很生氣。

現在穆拉一個人坐在女生廁所對面的椅子上，上方則是開滿了雞蛋花，不過並沒有人知道為什麼他要坐在那裡。另外，他自己可能也不知道，現在正有三個怒氣沖沖的學姊要過去找他。

「噢！小珠學姊、小川學姊和小娜學姊妳們好！」穆拉向我們打招呼，神情看起來則是相當普通。

「好啦！黑穆拉，我給你一分鐘的時間，跟我們說明清楚！」小娜用力地在穆拉前面的地板上蹬了一下，然後很氣憤地說。

「是什麼事情呢？」他的臉色看起來像是什麼都不知道，可真會假裝啊！

「穆拉，今天有一位記者來學校，她知道小珠和一百個鬼魂的遊戲有關係！不會就是你告訴記者關於一百個鬼魂的遊戲吧？另外，她也知道在我們學校，有很多學生不幸身亡的事情！」小川對穆拉說，並且嘗試緩和大家的情緒。

「不會吧！妳說的是真的嗎？」穆拉看起來嚇了一跳。現在我開始相信他真的和這件事情沒有關係了。

「你沒有……把一百個鬼魂的遊戲告訴別人是不是？」我再問穆拉一次。

「對我來講，我也試著要把這件事情忘記，為什麼我還要把這件事情告訴別人呢？」他回問。

小娜收回了她的腳，接著說：「咦！那到底是誰把這件事情告訴記者呢？」

「所以現在一百個鬼魂的遊戲已經流傳到學校外面了嗎？」

「對啊！記者好像想要去調查雅麗死亡的原因了。」小川說。

「小珠，妳也要小心一點，不要洩漏出去。如果外面的人知道了這件事情，之後會有什麼後果，我們也無法確認！」小娜警告我。

「呵呵！」我苦笑，小娜說得好像這件事情會影響到整個泰國的未來。其實一般人一定不會相信，在一百個鬼魂遊戲的背後，有一個神經病老男人當作它的主人！

當天我在回家的路上，心裡一直不太安心，總覺得有人在暗處裡看著我。不過由於有坤庫老師的護身符，多少讓我感覺踏實一點。當我走到家前面的時候，清楚看到一個女生在前面馬路的樹下不停張望。

可能只是一個頭腦有問題的人吧！不管她了！

於是我馬上進去家裡，接著走上自己的房間，躺在床上休息，等著媽媽回來煮晚餐。但不久，我就聽到了家裡的電鈴聲。所以我站了起來，走過去窗戶，看著門口，不過並沒有看到誰站在那裡。

「拜託！是哪裡來的小孩子在惡作劇！」我發牢騷地說。正當我打算關窗戶的時候，就聽到房門被慢慢打開的聲音，讓我心裡驚了一下！

咿呀……咿呀……

我馬上轉頭去看後面。我並不是怕小偷，而是怕比小偷更嚴重的事情！於是我立刻走到門口，然後……

馬上用腳踢門，讓它關起來！

砰！

「呼！」我鬆了一口氣，心想一個人在家裡似乎也不太安心。

當我轉頭要再躺在床上的時候，門又再度被打開了，而且所發出來的聲響，讓我渾身起了雞皮疙瘩！

「什麼……東西啊？」我身上的毛已經嚇到豎起來了。於是我對著門說：「喂！要開就開，要關就關！不要裝神弄鬼！」

說完後，我慢慢地再把門關上一次，然後一直站注視著它。

「嘻嘻！」

「誰啊！」我試著尋找聲音的來源，但不曉得為什麼我對於這個聲音，感覺比較熟悉。

「小珠……小珠……親愛的小珠……」

這時我深深地吸了一口氣，讓自己感覺比較勇敢，然後猛力把門打開！

「小露！妳在幹嘛啦！」

「哈！哈！哈！」這個爛朋友還站在門口笑，一點都沒有感覺就是她讓我怕到快尿出來了。

小露是我其中一位朋友，她的個性和小娜比較像，只是比較成熟，不過現在她已經變成鬼了。

雖然之前她的死亡，讓我們這群朋友間的情誼產生了變化，不過現在我覺得那份情誼已經回來了……至少我希望如此。另外，她今天選擇進來家裡嚇我，或許代表她已經接受自己是鬼的事實了吧！

「妳真的有那麼害怕嗎？」小露一邊走進來，一邊跟我說，當她說完之後，還轉了幾個圈給我看。

「妳是太無聊，所以才來這裡嚇人嗎？」我問。

「拜託，不會好好地歡迎朋友到訪嗎？我也好久沒有拜訪妳們家了！」
「剛剛是不是妳按我們家的門鈴？」
她停了下來，轉頭看著我說：「拜託！我在妳家門口等一下子就進來了，並沒有按妳們家的門鈴。」
咦？
鈴……
我和小露互相看著對方的臉。
鈴……
鈴……
「小珠！是妳手機的聲音嗎？」小露問。
「不是啊！我的手機在這裡。」我把手機拿出來看，也沒有未接來電。於是我馬上跑到窗戶旁，看著圍牆外面。
「那是誰啊？」小露跑到我身邊說，同時也看著外面的情況。
「應該是那位記者。噢！糟糕！她怎麼會知道我住在這裡呢？」我小聲地說。

「哇！小珠妳什麼時候變成名人了呢？」

「名人個頭啦！她是要來挖一百個鬼魂遊戲的內幕，然後拿去寫新聞啦！她會來這裡，是因為有一個大嘴巴告訴她我和這個遊戲有關。」

咿呀……

咿呀……

咚……咚……咚……

「呃！小珠，我覺得我聽到房間外面似乎有什麼聲音。」

「妳不要只是說說，妳已經是鬼了不是嗎？能不能用妳那具有特殊能力的眼睛看看外面的情況？」

「我沒有那麼厲害！妳去看看好了，我在這裡等妳。」小露邊說邊推我出去外面。

我這個朋友對我可真好！我接著說：「好啊！我去開門，不過妳也要跟在我後面喔！」

我們兩個人，不對，是一個人和一隻鬼，就一起走到房間門口。雖然這個時候我的心裡也滿害怕的，不過我試著讓自己心情平靜，用力地握住門把，一鼓作氣把門打開！

「小珠妳在做什麼啊？」

我看到媽媽手裡拿著很多東西，站在我的房間門口。

當我轉頭去看後面的時候，小露已經不見了。

媽媽下樓後，我就馬上關門，跑到窗戶旁往外再看一次。為什麼這一次媽媽回家的時候，我的心裡有種怪怪的感覺呢？

嗯……可能是因為每次媽媽回家的時候，她並沒有按門鈴的習慣。而且就正常情況來說，也沒有哪家的主人回家還會按門鈴的吧！

這時我看著窗戶外面，仍然是同一個女生站在那裡，這次她一動也不動地站著。皮膚十分蒼白，蒼白到看起來像鬼……

鬼……

嗯……鬼……

……鬼！！！

它慢慢地抬頭往上看，似乎知道我正看著它。這時我看到它伸手去按了我家的門鈴，不斷地按，直到媽媽生氣破口大罵。

「噢！怎麼會一直按，很浪費我們家的電耶！拜託請等一下吧！」

「媽！先不要開門！」我馬上打開房門，跑到樓下，這時就看到媽媽正準備開門。

「妳怎麼了？發瘋了嗎？」媽媽轉過頭來，納悶地看著我說。

「媽！妳先去煮飯吧！我去看看外面那個人到底是誰？」我邊說邊把媽媽推進廚房，順便把外面大門的鑰匙拿過來，心想至少不會讓媽媽遇到奇怪的事情。這時外面那個瘋鬼仍是一直按著門鈴，難道它不知道這是很浪費電的行為嗎？

於是我馬上跑到大門，打開門鎖，探頭出去看一看。

但是那時根本沒有人在外面，這讓我鬆了一口氣。正當我準備關門的時候，似乎有什麼東西卡住門，我低頭去看，就發現看起來很像兩棲動物的東西卡在那裡。

當我再仔細一看，就看到一隻蒼白的手正抓著門的邊緣。不久，它就把門用力推開，然後跑過來抓住我的身體。

「幫忙……請妳幫幫我們……」

拜託，我也正想跟它講，要它趕緊放開我咧！

「請……幫幫……我們……請毀滅……它……」

當我抬頭去看著它的臉的時候，我就知道它需要的是什麼。雖然它幾乎是面目全非了，不過我還在記得它是誰。

「妳……是不是愛蒂呢？」

死的人

死人的世界和活人的世界比較起來，一點都不一樣，就像是黑白與彩色電視之間的區別。在死人的世界裡一點顏色都沒有，到處是一片黑暗，而且一點都沒有幸福的感覺，有的只是憂傷、無助與絕望的情緒。在這裡沒有悅耳的音樂與談笑的聲音，能聽到的只是悲戚的風聲，讓死人甚至有想要再死一次的念頭！

現在我的眼前是一座座老舊設計的大樓，附近有很多鬼魂走來走去，看起來很像是要辦鬼魂嘉年華。我坐在大樓前面的椅子上，那張椅子很老舊，說不定比我的年紀還要大。

「這張椅子不太好坐是不是？」

我挪了挪身體，感覺不太舒服地說：「這張椅子好像快要壞掉了。」

這時我看到坤庫老師正站在一根柱子旁，坐在我旁邊的則是一個男孩，它的年紀應該和我差不多，眼神看起來很憂鬱，不過要是深入感覺，它看起來也是挺聰明的。雖然穆拉的眼神跟它很類似，不過並不像它看起來那麼特別，那麼地與眾不同。

我一直盯著這個男孩，看起來像是要調查它。它穿著舊舊的學生制服，和現今的制服差不多，不過並不像活人世界裡的那麼亮眼。但是最讓我感到驚訝的是，它只有一隻手！

「這是阿偉！它是我小時候的同學。」老師向我介紹。

「呃……您好！」

阿偉並沒有回答我。我看著它那像是小孩的身體，心想要是在正常的情況之下，它現在的年紀應該是和坤庫老師差不多才對，而這一切都必須歸咎於它小時候就不幸身亡。

「我不會跟妳說我小時候到底發生了什麼事，只是要讓妳知道，這件事和一百個鬼魂的遊戲有關！」

「好的，不過老師……老師您是怎麼死的呢？」我問老師。這時我嘗試著不要說太多話，因為阿偉看起來並不是那麼友善。

我想如果是問還沒有死的人，應該不會喜歡我的問題；不過如果是問像我們這樣的鬼魂，那應該是很普通的問題吧！但是坤庫老師……它並不像一般的鬼魂……它還是對於我的問題感到十分有趣。

「嗯……不知道啊……一不小心就死了。但是小潘，我不管我是怎麼死的，我只擔心會不會還有其他人因我而死！」老師走過來摸摸我的頭說。

「關於我死亡的事情……」

「小潘妳不用擔心，從這個時候開始，我會好好地保護妳的！」

當我告訴坤庫老師我是怎麼死的之後，老師感到相當自責，它覺得這一切都是它的責任。但其實這並不是老師的問題，而是那個創造一百個鬼魂的遊戲、有神經病的老男人的問題！

「老師……老師您是如何逃來這裡的呢？」

這一次阿偉似乎想要回答，因為我看到它慢慢地舉起唯一的一隻手，不過坤庫老師則是先說：「其實是阿偉幫我的，它在我被拉進去之前，把我拉了出來，要不然我也沒辦法逃出來，一定會被拉入一百個鬼魂遊戲的人鏈之中！如果那時我無法脫身，可能也就無法處理後來發生的事情了……」

「什麼事情呢？」

坤庫老師先轉頭去看看阿偉，然後再轉頭跟我說：「妳有沒有聽過泰國邊境有很多人被殺害的事情呢？我朋友說總共有一百個人被殺，因為要舉行某種降頭儀式！」

「您怎麼會知道呢？」

「因為那是那裡的居民之間的傳言，但是我覺得不只是傳言，應該是真實發生的事情。好幾年前，當我朋友從那裡逃出來之前，它也從那裡的鬼魂談話之中聽到一些訊息。」

我看著阿偉，心想它看起來很瘦弱，怎麼可能從一百個鬼魂遊戲的人鏈之中逃跑出來那麼多年？於是我問它：「阿偉先生，之前您跑去其他城市嗎？那為什麼您還要回來呢？如果是我，可能就跑去美國了。」

「小潘，只是用說的很簡單，不過我們每個人都有自己的原因！好了，再回到先前的主題，我對於有傳言的那個地方很有興趣，如果我們可以到那裡去，或許就有很大的機會可以摧毀一百個鬼魂的遊戲！」老師露出笑容地說。

「您要怎麼做呢？」

「嗯……這件事情很難說明，不過我會有自己的方法！」

我點點頭表示理解，隨意地往路上一望，就看到一個老女人坐在對面椅子上，它看起來一點都不像鬼，而且它也給了我一個微笑。但是過不久，當老師走過來找我的時候，周圍突然變黑！

「老師……」

這時有隻手抓住了我的手臂，然後拉了一下，看起來像是要我注意什麼。然後在我左耳邊就聽到有人說：「先不要說話！」我想這應該是阿偉的聲音。

我嘗試要去看周圍的情況，但是什麼東西都看不到，我完全沒有遇過這樣黑暗的狀況，連一點點微弱的光源都沒有，眼睛所見的就只是完全的黑暗。這樣的感覺，就好像我們被關在一個箱子裡面，沒有任何破洞，也沒有任何出口！

過一下子，我就感到似乎有人在我面前點火，感覺熱熱的，奇怪的是一點亮光都沒有。再過一下子，在馬路對面，離我約五公尺的地方，有橘色的光出現。那些橘光是從地下冒出來的，然後就像是火山爆發，有紅色的火光出現在空中，當這個火光往下墜的時候，看起來就像火山岩漿流下來。

那個橘色火光出現的地方，就是我剛剛看到那位老女人所坐的位置。現在我可以看得比較清楚了，那個老女人的身體被一團火光圍繞著，然後不斷地發出慘叫。不一會兒，它就整個人被那團火光給拉到地面下，一點東西都沒有遺留下來，好像這裡不曾發生過什麼事情。

現在又回到那團橘光出現前的情況了，黑暗也消失了。

「嗯……好可怕……」坤庫老師說，同時抓了抓頭髮。

聽到老師所說的三個字「好可怕」，讓我納悶它怎麼可能會說出這句話，通常老師並不會輕易表現出它的感覺啊！

「剛剛那是什麼呢？」

「那是地獄火，我們不久也會遇到那樣的情況！」阿偉說。這時我心想它終於說話了，對我來講，它比較像是我認識的穆拉，看起來比較成熟。嗯……不過以它的真實年紀來說，也算是我的長輩了，應該和坤庫老師差不多。另外，我也注意到它已經放開我的手臂了。

「我們先不用害怕將來要去地獄的事情，應該要先怕來抓我們的那些人才是。」坤庫老師對我說。

「趕快走吧！我們距離邊境還有很遠的距離！」阿偉站起來說。

故事3

怪人……人怪

如同每一天的早晨，穆拉離開家裡到學校去上課。

今天也是……

「往後一點！往後一點！」

穆拉嘗試繼續往後面擠，但幾乎已經快到公車的最後面了。不過此時公車上收錢的車掌小姐，仍然不斷地要求大家往後一點，於是穆拉忍不住輕輕地嘆了口氣，替眼前這樣的情況感到無奈。接著穆拉把手伸進口袋，準備拿零錢付車資，這時就聽到手機突然響了起來，他把手機拿起來看，想確認是不是自己的手機在響。

「咦！不是我的手機……」

此時剛剛的手機鈴聲又響了一次，不過還是沒有人接聽電話，任憑這個鈴聲繼續響個不停。

接著車掌小姐走到穆拉旁邊，一邊收錢，一邊用不爽的眼神看著他說：「弟弟！你的手機響了，為什麼不接電話？」

「噢！真對不起！」穆拉邊道歉，同時又把手機拿起來一次，但發現並沒有聲音啊！不過奇怪的是，剛剛的手機鈴聲仍然持續響個不停，而且幾乎全公車的人都注視他，眼神似乎要殺了穆拉。直到此時，穆拉才發現聲音其實是來自於身上的書包。

「對不起！」他拉開書包拉鍊，把一支手機給拿了出來。這其實是小潘的手機，是她被車撞的時候，穆拉收起來的。原本穆拉應該把這支手機還給小潘的家人才對，不過由於某個原因，才讓他依舊收著這支手機。

穆拉趕緊去看手機螢幕上顯示的資訊，接著他的臉色突然變得異常蒼白，因為螢幕上顯示的名字是「雅麗 ^v^」

穆拉強忍著恐懼，按下接聽鍵，然後慢慢地把手機靠近耳朵。

「呃，妳好……」

這時手機裡只傳來如同電視沒有訊號時所發出來的聲音。

「雅麗……妳是雅麗嗎？」

「……小潘……跟我來……」

「呃……這裡沒有這個人……」

「……」

這時手機裡的聲音突然消失不見，於是穆拉再把手機更貼近耳朵想聽清楚，突然就聽到了極大的慘叫聲，讓他嚇了一大跳。

「……啊！！！」

活的人

在學校的公佈欄上，我和朋友看到了學校的佈告，上面提到關於這個星期天要去佛教宿營活動的事情。看了之後，我不禁深深地嘆了口氣。

「拜託！其實去宿營也滿好玩的。」小娜對於宿營這件事情感到很興奮，可能是因為這不像參加軍人代訓的宿營活動那麼嚴肅吧！她接著說：「而且我們也可以換換口味啊！

讓一成不變的生活多點趣味。」

「對啊！這一次應該不會再發生什麼意外啦！」小川接著說。但是當她提到當時所發生的意外時，讓我想到當初認識的新朋友，才認識不到一個小時，她就永遠離開我們了。

「不知道現在娜雅怎麼樣了？」

「她現在過得很好啦！不像我還陷在一百個鬼魂遊戲的人鏈之中！」小露沙沙的聲音突然從後面傳了過來。我們轉過頭去，就看到小露縮著肩膀站在那裡，而且她的身體看起來不太清楚，就像是肥皂泡泡，出現一種若隱若現的視覺感受。

「妳最近好像比較自由喔！」小娜說。這時她轉頭朝向我這裡，看起來就像是對我說話似的。

「現在大家都比較自由，我也不知道為什麼。」

「妳能夠趁著這個好機會逃跑嗎？」小川問。

小露搖了搖頭，接著說：「我不敢想像，如果被發現我嘗試要逃跑，會有怎樣的可怕後果。」

我們同情地看著朋友，感覺很心疼她，不過也幫不上什麼忙，就只能不斷地給她加油打氣。

「妳是否見過老師和學妹她們呢？」我問小露。

「我還沒有見到老師和小潘學妹，說不定他們正在逃跑中，而那個老人則是嘗試要去抓他們。」

「老師正逃跑嗎？說不定老師可能……」小川邊講邊露出了興奮的神情。

「拜託！像妳們這樣的鬼，難道沒有辦法放出訊號去找老師到底在哪裡嗎？如果我們有辦法找到老師，一定能夠知道如何拯救陷在那個可怕人鏈之中的大家。」小娜說。

「我是鬼，不是無線電，怎麼有辦法送訊號給其他的鬼呢？」

「妳們覺得呢？一百個鬼魂遊戲也像普通的遊戲，如果……只讓這個遊戲的那個老人控制，他也無法完全掌控，因為牽扯的範圍實在是太廣大了。」我說。

「那跟我們有什麼關係呢？難道妳要去當那個老人的管理委員會成員嗎？」小娜皺著眉說。

「但是……不是每個管理個別遊戲的鬼魂，都可以當這個遊戲管委會的成員嗎？」小川說。

「妳們到底在想什麼？」

「沒有啦！我正想說這個遊戲也有它的弱點。如果一百個鬼魂遊戲的規矩，就是要每一個輸的人都變成那個老人的奴隸，永遠陷在這個連鎖之中，無法好好安息的話，老師和小潘就算是已經打破了這個規矩，他們現在還可以逃跑，也就表示那個老人是無法完全控制這個遊戲的。另外，還有像是小露的其他鬼魂，也還可以跑出來幫我們。因此，我覺得……說不定還有方法可以去摧毀一百個鬼魂遊戲！」我說。

「喂！妳不是說不要再跟一百個鬼魂的遊戲扯上關係了嗎？」

「但是只有這個方法可以讓妳真正自由啊！」小川開始同意我的想法。

「所以妳們覺得呢？如果沒有管委會成員，也就沒有這個遊戲了……所以我們一起努力送那個老人一張去地獄的單程車票吧！」我說。

「瘋了嗎？誰做得到？至少像我就不想再和那個老瘋子有任何關係了。」小娜搖了搖頭說。

「其實坤庫老師的爸爸也很了解關於那個老人的事情，說不定老師也是這個原因才能夠逃跑，所以我們如果沒有先把這個遊戲的頭兒處理掉，是沒有辦法摧毀掉這個遊戲的！」

我說。

「但是我們是沒有辦法做到的！這太難了！」小娜持續反駁著。

「喂！妳們不用吵架了，小珠說的也對，老師現在可能正在找辦法幫忙我們。所以從現在開始，就讓我們一起祈禱，希望在老師找到摧毀一百個鬼魂的遊戲的方法之前，不會再有人玩這個遊戲。」小露說。

這個時候穆拉突然朝我們跑了過來，似乎要告訴我們什麼壞新聞。

「學姊！學姊！」他一邊揮動拿著報紙的手，一邊叫著我們。

「什麼事情啊！」小娜看著穆拉跑過來，把他手上的報紙拿給我看。此時小露也看著穆拉，我不知道穆拉是否能夠看到小露，不過我猜想他應該是看不到的。這時我們就看到穆拉嘗試讓自己呼吸比較平緩，然後開口說話。

「請妳們看報紙的第十三頁！學姊！妳們先看，我也不知道到底是誰弄出來的？」穆拉對著我們說。

於是我翻到這份報紙的第十三頁，然後念出來給大家聽。

「很奇怪，不過這可是真實發生的事情，在一所學校裡面，有十幾個學生因為莫名的原因死亡。從警察的報告裡顯示，他們不是意外就是自殺身亡，不過其實真正的原因，是因為一個來自地獄的遊戲，而它已經在這所學校裡蔓延開了。提到這間國立學校，才沒幾個月就已經死了十幾個人，雖然看起來像是意外，不過當一位記者到那間學校採訪關於這個地獄遊戲之後，真正的事實才慢慢地浮現。根據採訪結果，有學生說，幾個月前學校就開始有關於一百個鬼魂遊戲的傳言出現，而且只有一位老師知道關於這個遊戲的詳細情形……『關於這個遊戲的細節我並不知道，我只知道這是個你要用生命當作賭注的遊戲，然後一定要找到鬼魂。如果你輸掉這個遊戲，你就非死不可！』當我再問其他學生，就發現除了一位老師之外，還有一群女學生也知道這件事情。此外，還有人說她們曾經玩過這個地獄遊戲，而且還活著。然後我們還發現了一個可怕的事實，就是那位老師已經死了，而他死亡的真正原因，則是還有待深入調查。」

聽完後，大家都愣住一會兒，直到穆拉把我手上的報紙拿了過去，接著說：「那位記者提到的那一群女學生，是不是學姊妳們？」

我並沒有回答穆拉的問題，這時剛好有一群女學生走過來，轉過頭來看著我們，小聲地議論紛紛，似乎正談論些什麼。

「好了，現在整個國家都知道這件事情了！」小娜生氣地說。

「一定是那位女記者！要是我媽媽知道這件事情，那該怎麼辦呢？」小川掩著臉擔心地說。

「我覺得問題就是因為很多人不相信這件事情，所以他們才想要試試看。」小露說，不過我想穆拉是聽不到她講話的。

「從現在開始，不會有問題了，因為我要讓它徹底消失！」我冷靜地說。

「學姊妳說的是什麼意思呢？妳要殺了那記者嗎？千萬別這麼做，我覺得……」穆拉似乎不太了解小珠那句話的意思。

這時穆拉突然停止講話，張大了嘴巴，往我後面的廣播大樓上面看去。他搖了搖頭，眼睛睜得老大，然後揉了揉眼睛，再往那邊看了一次，這時我也跟著望向同樣的地方。這是一棟不高的大樓，看起來像是一個蛋糕的形狀，不過現在屋頂上面……

「啊！！！」小川可能看到像我所看到的那樣，所以她馬上跑到小娜後面，身體不斷地發抖。小娜可能也是嚇了一跳，因為她的表情和穆拉一模一樣，就是張大嘴巴，眼睛睜得很大！

現在在那棟大樓的屋頂，只有一顆人頭，沒有人的身體。那顆頭掛在屋頂的邊緣，雖然臉被黑色頭髮掩蓋，不過仍然可以看到深深的眼眶與白色的眼球，也能夠看到張開的嘴巴與嘴內那無止盡的黑暗。

「……！」我試著閉上眼睛一次，但當我再次睜開眼睛時，那顆頭已經不見了。

「什……什……什麼？我看……看……」小娜結結巴巴地說。

「那是靈魂，不是屍體啦！」小露說。

「學姊妳們也看到我所看到的是不是？妳們看到了是不是？」穆拉問。

我吞了吞口水，心裡覺得很奇怪，為什麼老師的護身符沒有用呢？它不是用來保護人不會見鬼嗎？那為什麼現在我見鬼的頻率比沒有護身符時還要高呢？

「小珠，妳不是說妳有坤庫老師的護身符嗎？那為什麼我們……還會看到呢？」小娜說。

「是什麼護身符呢？坤庫老師也有護身符嗎？」穆拉好奇地問。

「我不知道，它可能沒有用了吧！」我邊說邊把那個黑色袋子拿出來給大家看，接著說：「說不定只有老師能使用，所以當老師死了之後，它就失去效力了吧！」

小露走了過來，慢慢靠近那個黑色護身符，然後點點頭說：「對啊！它似乎對我也沒有什麼作用。」

「噢！學姊妳是鬼嗎？」穆拉大叫地問。

「咦！這位弟弟也看得到我嗎？」小露問。

「……」

我們三個人和一隻鬼都納悶地看著穆拉，我們對於他可以看到鬼這件事，並不感到奇怪，不過他可以看到鬼，卻不覺得它是鬼……這才是真的很奇怪！

死的人

有時候死亡就像是另一段生命的延續，但是想要在這個世界存活的方法，會和上一段生命不太一樣。不過，死亡卻可以讓你離開活人世界的瑣碎雜事，但你也必須放棄現在所擁有的生活。

但是對我來說，死亡就是逃跑、逃跑、再逃跑！要逃離一個瘋子，一個不知道他的爸爸是不是警察的瘋子，他才會一直想要抓到我。而且他也是一個害我死亡，不讓我可以好好安息的瘋子！

現在我們三個人正走路經過一道鐵門，要進去一棟四層樓建築，裡面空空的，感覺沒有什麼人。

「老師！」我停下腳步。

「小潘，有什麼事嗎？」坤庫老師仍然持續往前走，而且不斷地注意四周的事物。

「老師，您不怕嗎？」

「怕什麼呢？」

「就是……如果他找到我們，不知道我們會有怎樣的下場？」

當我說完，阿偉和老師一同轉頭來看我，老師說：「他是老人啊……跑得很慢，所以小潘妳不用怕，我們都比他年輕很多。」

「不管怎麼樣……我也不想死！」我試著不讓眼淚流下來，接著說：「我想我的家，我想我的媽媽……我不想要這樣的生活，就算讓我去學校寫作業，或是遇到很凶的老師，也都比現在這樣的生活好多了。而且現在的生活，只會讓我遇到好可怕的事情，就連我什麼時候會再死一次，什麼時候會去地獄，我都不知道！！」

坤庫老師走過來拍拍我的肩膀，嘗試要安慰我，然後接著說：「我也是過了很久的時間，才能接受現在的生活。」

「但是老師您不是比我晚死嗎？」

「不過我活著的時間比妳還久啊！當我活著的時候，其他人每天都想到自己的未來會怎麼發展；不過我卻是每天都想著：如果我死了，我會遇到怎樣的事情？死亡後的世界會像我生前的世界一樣嗎？而我之所以和其他的人不同，那是因為自從小時候，我就可以看到很多鬼魂，所以才可以讓自己慢慢接受這樣的事情。不過就我的感覺，這裡其實也沒有那麼差，一樣有好人與壞人，妳就想成我們只是換個地方生活就好了。」老師說。

「但是……這個世界……都沒有我認識的人……」

「拜託，那我呢？我也沒有認識的人啊！」老師邊講邊笑，然後說：「對了……這個世界也有很多妳的朋友，不是嗎？除此之外，還活著的人也會祭拜我們，這可是真的有用，不僅僅是儀式喔！」

「老師講的是什麼意思呢？」

這時老師抬頭看看天空，接著說：「嗯……現在還不是時候告訴妳，如果有機會回去妳死亡的地方，妳就會更清楚這些事情。」

我看著老師的臉，儘管對於老師的話仍不太了解，不過我隱約感覺到，如果我回去死亡的地方，一定會發生讓我很高興的事情！

「好的！」我點點頭說：「那老師一定要帶我回去那個地方喔！」

故事4

第一天開始

穆拉看著路邊那塊路牌，現在它已經被重新更換過了，上面一點都看不到血跡，也看不到被撞擊的痕跡，而且現在也沒有人記得這裡曾經發生過什麼事情。

記得這件事情的只有他，而且知道發生了什麼事情也就只有他。

那一天小潘被車撞到的時候，他站在人行道上，什麼忙都幫不上，能做的就只是把小潘抱離路面，由於極度的驚嚇，他一時也不曉得該做什麼才好。這時小潘的血沾滿了兩人的衣服，然後他看到小潘的手機從包包掉了出來，螢幕還發出微微的亮光。

他用他那顫抖的手，把小潘的手機撿起來看。

未接來電1通　雅麗

^v^

「趕緊叫救護車！！穆拉，趕緊叫救護車！！」小珠大叫，於是穆拉馬上用小潘的手機叫救護車，不過一切似乎都已經太晚了，無法挽回了。

當他、小珠和已經失去生命跡象的小潘上救護車的時候，他一直拿著小潘的手機，怕它再次發出聲響，出現奇怪的來電號碼。

直到現在，他仍然保持著那支手機，而小潘的大阿姨也沒有注意到這件事情。不過他也不想把這支手機送回給小潘的家人，因為這是他唯一可以和死人溝通的管道。

所以他決定要用之前送小潘到死後世界的方法，讓自己踏上死後世界的第一趟旅程。

活的人

我抱著行李，看著在佛教宿營中，提供給女學生住宿的地方。這是一間傳統的泰國寺廟建築，四周有著用玻璃所做成的窗戶，推門也是由玻璃所製成的，原本是給和尚居住休息的地方。不過對我來說，這間建築物看來看去就像是要火化屍體的地方。

「讚！這裡有冷氣耶！」小川指著在房間角落，看起來像是小冰箱的冷氣機，於是我們趕緊把行李放在冷氣前面，想要搶到睡覺的好位置。

「還好這一次沒有發生什麼事情。」小娜邊講邊把廟方給我們的枕頭和棉被給放好，接著說：「這次就當成是我們辛苦念書，終於可以好好休息的機會吧！」

「拜託！妳怎麼有臉這樣說，妳在教室裡的時間，不是大部分都在睡覺嗎？」我沒好氣地說。

關於這次的佛教宿營活動，除了我們，還有高一學生和一些老師。學校舉辦這個宿營活動的目的，主要是想洗滌學生們的心靈，不過對於我們來講，由於有上回慘痛的經驗，所以參加這次的活動，也算是一次很大的賭注。

「妳準備了那個東西嗎？」小娜在小川耳邊輕聲地說，然後就看到小川點點頭，接著拍拍口袋，似乎表示已經準備好某件東西的樣子。這時她們兩個人的表情看起來有點奇怪。

「我帶這個東西來是為了以防萬一，怕事情並不如我們所預期的。」小娜講完之後，就把一個看起來像筆狀的東西和打火機從包包裡拿了出來。

「小珠，妳覺得這件事情會成功嗎？」小川顯露出她原來的個性說：「如果不如我們所預期的發展，這件事情一定會很危險，而且我們也沒有辦法保證，它會好好地跟我們配合。」

「小露自己保證會叫它出來，所以我們只能夠等待，並且希望小露可以成功。」我雖然這樣說，不過心裡也像小川一樣地擔心，因為這是一件我們本來就不想做的事情。不過這也算是我們的計畫，如果成功，我們就可以徹底逃離過去那些慘痛的回憶了。

「女同學們，如果已經整理好東西，請到會場前面集合……女同學們……」從房間的另外一邊，傳來了廣播的聲音。於是我們馬上站起來，把自己的行李靠牆放好，趕緊前往集合的會場。

這時我從口袋裡拿出一枚五元錢幣，把它緊緊地握在手中。

今天晚上，就是要讓一百個鬼魂遊戲徹底地從我們生命中消失的日子。

在宿營活動的晚上，到處都是微弱的橘色燈光，就連我們住的地方也一樣。而關於宿營活動的規定，晚上九點就可以就寢，於是我們準備要拿牙刷和牙膏，然後打算去廁所整理一番。此外，當大家正在找東西的時候，我順便把愛蒂來找我的事情告訴大家。

「妳的意思是愛蒂為了請妳幫忙，所以到妳家去按門鈴嗎？」小娜問我，臉上露出了不相信的神情。我們三個人走出外面，左邊則是有三排附有鏡子的洗手台。

「不是我們不想相信妳，而是之前她們一點都看不起我們所說的事情！」小川理直氣壯地說，不過現在她仍然像個小孩子似地靠在我旁邊，看來她那怕鬼的症狀還沒有完全痊癒。她接著說：「我只是納悶為什麼愛蒂要請妳幫忙呢？」

這時我把水杯和牙刷放在旁邊，打開水龍頭洗手，然後回答：「感覺最近有很多人來請我幫忙，像這件事情妳們可能還不知道，妳們記得上次小川忘記鑰匙圈的那間教室嗎？」

兩個人點點頭，小娜想了一會兒，接著問：「然後呢？」

「有一個小男孩來找我……好像想要請我幫忙，而且在這件事情之後，我就常常遇見鬼……」我邊刷牙邊說。

「小珠，坤庫老師的護身符失去效用了？」小娜納悶地問。

我摸摸上衣口袋裡的護身符，接著說：「算了，即使它已經沒有用了，不過有它在這裡，感覺總是比較安心，就像是有老師陪著我們。」

「喂！妳跟坤庫老師很熟嗎？」在後面排隊的一個短頭髮小女生，拍拍我的肩膀問。

「妳是誰啊？」小娜說，這時她的嘴巴裡還有著刷牙時產生的泡泡。

「我叫作小碧，是四班的學生。那到底妳是不是和坤庫老師很熟啊？」她先介紹自己，然後就再轉頭過來問我。

「認識啊！」我點點頭，不過感覺這個小女孩有點奇怪。

「那妳知道一百個鬼魂的遊戲嗎？」

「不！我們不知道！」小娜馬上回答她的問題，然後繼續刷牙，似乎不想要理會小碧。不過小川由於個性使然，因此對於要不要繼續和她說話而感到猶豫不決。

「聽說坤庫老師和那個遊戲有關係，而且老師就是害很多學生死亡的其中一個原因，這些都在報紙上刊登出來，大家也都知道了這些事情……」

「不是啦！」小川大聲喊叫，害小娜幾乎把整支牙刷給塞進喉嚨裡。然後她再接著說：「坤庫老師是好人，其實是學生害死老師的，而且如果不是因為老師，我們也沒有辦法活到現在！」

「小川！」

「妳們怎麼了？」小碧搖了搖頭，似乎還想要繼續說，一點都不知道我們已經想要好好教訓她一頓了。她接著說：「大家都知道坤庫老師是自己創造出這個遊戲的，所有關於鬼的事情都是假的！老師就是一個殺人凶手，所有死亡的學生都是他的傑作。而且聽說老師是一個孤兒，所以可能是因為缺乏家庭的溫暖，才造就了他那奇怪的個性。真是好可怕的一個人……」

「小川！不要！！」

我馬上把小碧推出去，因為這時小川已經用盡全力往小碧的臉上打過去，而小娜則是伸出雙手去阻止小川的動作。這時小川的呼吸聲異常地大，聽起來就像是剛剛做完劇烈運動，然後她馬上推開小娜，感覺無論如何都要給小碧一頓教訓。

「小川！拜託妳不要這樣！儘管妳打了她，對老師也是沒有什麼幫助，妳不知道嗎？」小娜大聲地對小川說。

當我們提到坤庫老師的時候，小川的心情看起來就平靜許多。其實我從來沒有看過小川這樣的反應，因為她本來就是比較膽小，對人也很客氣，對自己則是比較缺乏信心，因此，這是我第一次看到她和別人吵架，而且……是她嘗試要先動手打人！

「我會跟老師講……」小碧大聲地對小川說。其實我想應該在她說出這句話之前，先讓小川打她一頓才對！

「好啊……如果妳……敢去跟老師講任何一句話，我會……讓妳知道……殘障是什麼樣的感覺……」小川咬牙切齒地說。

哇！我根本沒有想到小川會這麼說。這時看到小碧臉色蒼白地落荒而逃，看來她是不想要刷牙了吧！

小娜把小川掉在地上的水杯和牙刷撿起來洗了洗，接著說：「真沒想到我的朋友會那麼凶！」

小川一句話都沒有回答，她只有打開水龍頭，開始哭。

「小川……」

「那些已經死掉的人，應該不會和小碧所想的一樣吧！是不是？那些人……應該不會覺得這是老師的錯，是不是？」小川顫抖著聲音說。

「沒有人會和那個爛人有一樣的想法啦！妳冷靜一點，老師如果知道妳對他那麼好，他一定會很高興。但是如果老師知道，妳因為要保護他而去打人，我想他就笑不出來了。」

小川破涕而笑地說：「對不起啦！」

「呃！其他人已經準備睡覺了，所以我們也應該開始執行計畫了。」我對著她們兩個人說。

當我們彼此相望的時候，就寢的鐘聲響了起來，於是我們趕緊回到睡覺的地方去，就看見其他同學都正準備待會睡覺的床鋪，有一些人則是正在擦乳液或是爽身粉。我就慢慢地繞過走道上的行李、棉被、枕頭和聊天的學生，走到自己的床鋪那裡。

當就寢的鐘聲響完第三次，大家都已經躺平準備睡覺了，這時大部分的橘色燈光都已經熄滅，只剩下四周柱子上的小小微弱燈光還亮著。由於現在已經陷入一片漆黑，所以我也必須讓眼睛先適應這樣的情況，同時我的腦海中也不斷想著今晚的計畫。這個計畫可能會成功，也可能會失敗，而失敗的下場，最糟糕的應該就是大家最不願意面對的死亡吧！

還是……不會走到這一步？

鈴……

這時睡在我們三個人中間的小川和旁邊的小娜都已經躺平，小川則是往我睡的地方靠過來。另外，小娜可能仍然是睜著眼睛，還沒有真正睡著。

鈴……鈴……

「小珠，廟裡的師父會不會過來呢？」小川小小聲地問我，我想她指的應該是負責管理學生的師父，會巡視有沒有不守規矩的學生，像是在靜坐時吵鬧聊天或是集合時遲到等等，師父就會把你身上的名牌拿走，然後在上面蓋上一顆星星再還給你。如果在整個宿營活動結束的時候，你的名牌上有三顆星星，你就無法拿到這次宿營的參與證書。就我所知，曾有男學生來參加宿營不到一天的時間，就已經拿到了兩顆星星了！

「我也不知道。」我回答小川，接著說：「妳覺得這個聲音是……我指的是『鈴』這個聲音……」

「我們該怎麼進行原本的計畫呢？」似乎沒有人理會我的問題。

「誰知道啊！」

鈴……

小娜轉頭四周張望了一下，越過小川拍拍我的身體說：「我覺得地板似乎在搖動！」

這時我靜下心去注意那個聲音，同時也感覺到地板上有輕微搖動，而且那個「鈴」的聲音似乎越來越靠近了。

「小珠！」小川先抓住我的手臂，然後用力抱著它。

「什麼？有什麼嗎？」我嚇了一跳，以為小川是不是看到了奇怪的東西。

「妳沒有聽到什麼聲音嗎？」小川問，接著說：「那個聲音……」

她突然停下來，我則是聽到房間外有著奇怪的聲音，聽起來細細高高的，應該不是鬼發出來的，比較像是女生的聲音，不過聽起來也是滿可怕的。除了這個聲音，先前我聽到的「鈴」與地板搖動的感覺也依舊存在。回到剛剛那個女生的聲音，它聽起來像是慘叫，而且似乎是要表現訴說痛苦的感覺，或是對某人感到憤怒的心情。

小川緊緊地抱著我，此時我們三個人因為害怕躲在棉被裡面。我知道外面一定會有什麼可怕的事情，但是我一點都不想知道那是什麼？在哪裡發生？

過一下子，柱子上的微弱燈光就一盞接著一盞熄滅，直到四周陷入完全的黑暗。此時那個女生的聲音已經消失，不過那個小小聲的「鈴」則是依舊存在著。

「小珠……」

我抓住小娜的手臂，用手拍拍她，示意她先不用開口講什麼話。其實在棉被裡很悶，我很想打開棉被好好地呼吸，不過我不敢打開，我真的不敢，更何況那個「鈴」的聲音已經越來越靠近我們了。

鈴……

鈴……

鈴……

我現在渾身起了雞皮疙瘩，對於棉被外面的情況，真的很害怕，比我第一次見到希麗察還要害怕。於是我不斷地摸著坤庫老師的護身符，因為這樣會讓我感覺比較安心。

老師……

蹦！

現在不只是我們，其他學生也是馬上坐起來，紛紛張望，想要知道這個像是炸彈爆炸的聲音是從哪裡來的，而我、小川和小娜也試著尋找聲音來源，不過由於四周一片漆黑，所以根本看不到什麼，有的只是從外面照進來的微微月光。

「沒有電了吧……」有個女學生突然說出這句話，學生則是開始跟著附和或是表示各自的看法，因此房間裡的講話聲越來越大聲，直到老師進來制止。過了一會兒，就有一位師父進來跟老師講了一些話，當師父講完離開之後，老師才向我們解釋現在的情況。

「因為外面的電箱發生爆炸，所以可能會有一段時間沒有電可用。好啦，妳們就繼續睡覺吧！」

當老師走出去之後，包括我們在內的每個人都開始不斷地抱怨，原本只有兩台冷氣根本就不夠涼快，現在就連電都停了，到底要我們怎麼睡呢？

在這黑暗的環境之中，我、小川和小娜三個人依舊躺在各自的床上，我想這裡應該只有我們三個人知道停電前，到底發生了什麼事！

隨著時間流逝，房間裡面越來越安靜，可能有越來越多人已經睡著了。於是我慢慢地坐起來，接著把手機打開看時間，同時小川和小娜也跟著坐了起來。

「好冷啊！」小川摸摸自己的手臂，然後用棉被蓋住自己的身體。

「真是奇怪，剛剛明明還很熱啊！」小娜疑惑地說。

無論如何，我們三個人開始用最輕微的動作，慢慢地站了起來，不想要吵醒房間裡面其他的人。然後我們拿了這個計畫中最重要的東西，小心翼翼地穿過正在睡覺的人群，接著打開房間的玻璃滑門到外面。這個房間被露台環繞著，而在露台的四個角落，分別有四座樓梯，我們就從其中一座樓梯往下走，右轉穿過一條黑暗的走道，往前方的澡堂而去。

這間澡堂只有一盞燈，不過已經壞掉，無法使用了。另外，澡堂四周用鋅製隔板圍了起來，上方並沒有屋頂，中間有一個大大的水池，是供大家一起洗澡使用的。雖然水池裡面有水，不過由於沒有人敢來這邊洗澡，所以這裡的地板依舊是保持乾乾的，沒有水濺過的痕跡。

我在水池旁坐了下來，點燃小娜帶來的打火機，接著把一張紙鋪在地板上面。小娜和小川則是坐在我的對面，此時我們三個人在黑暗的環境之中，互相看著對方。

「妳覺得我們這樣做會成功嗎？說不定老師……」小川似乎不太有信心地說。

「妳還害怕什麼嗎？我們已經沒有其他方法了！不過如果妳不想玩也可以，我不會怎麼樣！」小娜說。

不管她們的談話，我把一枚五元錢幣放在地上那張紙中間，用打火機點燃一炷香，把它拿在手中，在胸前做出雙手合十的動作。

鈴……

我抬頭看著小娜，此時她正用打火機點燃蠟燭，沒有什麼特別的神情，不過身體仍舊不斷地顫抖著。

鈴……

在小娜點完蠟燭之後，她就抬頭看著我，然後問：「小珠！妳聽到了什麼聲音嗎？」

「小珠！是剛剛在房聽到的聲音！是那個聲音！」小川馬上抓住了小娜的手臂，露出驚恐的表情說。

我專心地聽了一下，剛剛那個很像女生的聲音又出現了，不過似乎是在離我們比較遠的地方，我說：「不用理它！」就閉上眼睛，繼續剛剛雙手合十拜拜的動作。但是雖然我的嘴巴說不用理它，心裡仍舊有害怕的感覺……

老師……這一次就換我來幫忙吧……

於是我們三個人馬上把小指一起放在那枚五元錢幣上面，接連念出「普」、「托」、「塔」、「雅」這句話，一共念了三次。

「我還沒有看到小露……她還沒來！」小娜小聲地說。

「我們會不會太早玩了？」

我並沒有說什麼，但是已經感覺到有東西在錢幣裡面了，比我們先前在學校玩的時候還要快！

我們看著彼此，開始問問題。

「您知不知道一百個鬼魂的遊戲呢？」

死的人

如果想要說明灰色世界，這個世界就是最好的例子，因為無論是張開眼睛或是閉上眼睛，這裡的一切都是灰灰暗暗的，房子看起來也是舊舊且布滿灰塵。

坤庫老師帶我走在一條路上，路的兩旁都是田地，我心想說不定我們已經離開城市的範圍了，但是奇怪的是，這次我卻一點都沒有疲累的感覺，難道是因為我比較輕或是腳完全沒有碰到地面嗎？我也不太清楚。不過現在當我想走路的時候，腳就會自動離開地面，然後就像是被風吹似地往前前進。

「老師……為什麼這裡很安靜呢？」我會這樣問，是因為這裡真的很安靜，也沒有看到其他鬼魂，不像先前到處都可以看到鬼魂，還可以知道它們是怎麼死的。這時我不禁心想，現在當一個鬼魂也是挺不錯的，有很多事情可以觀察，比較沒有那麼無聊。

「嗯……我要說一個童話給妳聽。」當老師對我說完話之後，阿偉馬上問它：「你也會講童話？」

「不要這樣說嘛！我也是有感覺的。」接著老師開始說它的童話，但是我聽起來卻不太像是童話。

「很久之前……」

很久之前有一個男孩子，因為某個原因，他曾夢想要當一名老師。當他長大之後，夢想也真的實現了，他成了母校的老師。雖然他和普通的老師不太一樣，但對他來說，能夠在那裡當老師，就是一件很幸福的事情了。

只不過在他開始當老師的第一天，就發生了一件幾乎讓他被炒魷魚的事情。

那一天，高一三班正期盼著一位新來的社會科老師，而他就是來取代才剛剛退休的老師……呃……大家都是真的很期盼。

「嗯……我猜那位叫做坤什麼的新老師，應該不會很凶吧！」

「是男老師耶！說不定他長得很帥喔！」

「但是我覺得他一定老了……說不定跟之前的老師差不多年紀吧！」

「而且他一定是戴著眼鏡，喜歡出很多作業給學生。」

「唉！我們應該沒有機會像其他班級一樣，可以遇到好幾位說話風趣的老師。如果老師上課有趣，學生才不會那麼想睡覺。」

「但是我覺得……呃！老師來了！」

一會兒那位被學生議論紛紛的老師就走進來了，接著他把一張紙放在講台上，抬起頭來看著每一位學生，心裡感覺相當高興。剛剛學生猜測關於他的事情都是錯的，這位老師並不像他們所想的那樣。他長得高高的，頭髮則是黑色且亂亂的；他沒有戴眼鏡，看起來很有趣，人也很友善；他穿著一件膚色襯衫，上面有櫻桃的圖樣，一點都不適合他。

「大家好，我叫……」他轉頭去拿粉筆，在黑板寫下他的名字，接著說：「……坤庫……我是剛剛當老師，新鮮而且熱熱的，就像是剛剛從烤麵包機出來的一樣。」

這時每一個學生的臉都露出無法置信的表情，心想他怎麼會講出這樣的話。

「老師您好，請問老師您幾歲呢？」有一位女學生舉手發問。

這位新老師笑嘻嘻地回答：「嗯！你們自己算算看吧！我的年紀就是 754+0.15x5

+8+0.5/3–0.25x2+6-12。」

現在一整個班級鴉雀無聲，大家都講不出話來。

「其實我對數學也滿在行的！」這位新老師略帶驕傲地回答。

這次全班都笑出來了，或許這位老師比他們原本想像的還要好吧！

「今天我這堂課不會特別教什麼，因為我想把第一個所教的班級的學生臉孔，通通給記起來。現在我已經自我介紹完畢，接下來就是你們的時間了。」

於是學生們開始一個一個地自我介紹，介紹到一半，剛好輪到一個沒有人坐的位子，下一位學生開始說話之前，老師就先說：「等一下，那位學生呢？」

「哪一個？老師！我已經自我介紹了。」

「不是，我指的是你後面那個學生。妳不要自我介紹一下嗎？」

當老師講完之後，教室裡的每一個學生都轉頭去看那張桌子，不過根本沒有看到有人坐在那裡。這時有一個學生說：「老師！那個位置並沒有人坐，您不要開我們玩笑啊！」

「嗯……呃……應該是吧！可能是我看錯了。好，下一個。」坤庫老師很嚴肅地說。

但是這一次每個學生都覺得這位新老師怪怪的，從原本說說笑笑的樣子，馬上轉變成為嚴肅的感覺。下課鈴聲響了之後，坤庫老師等到全部的學生都離開教室，只剩下那個空座位後面的女學生還坐在那裡，臉色相當蒼白。

「老……老師……請幫我……」

坤庫老師心想那個學生可能是看到有人坐在她的前面，才會嚇到臉色蒼白而無法移動，不過其他已經離開的學生都覺得是老師的緣故，才會讓她怕到精神錯亂。當那位女學生一可以動，她就馬上跑離開教室，但是由於太急，她不小心地從樓梯上摔下去，也讓原本單純的事情變得嚴重許多。

所以從那個時候開始，就沒有人喜歡這位新老師。關於那起意外，還好女學生的父母並沒有什麼特別要求，但是也因為這個事件，讓他在學校裡留下了不好的印象。

那一天當坤庫老師上完課後，他邊嘆氣邊收著自己的東西，因為沒有人知道他具有靈異體質，更沒有人知道他的家庭背景怎麼樣。坤庫老師是因為朋友的幫忙，才可以活到現在，但是像他這樣的靈異體質，一般人是很難接受的，更不用說要當朋友了。

這時，他抬頭去看教室門口上面的班牌。

「二三……一，這間教室似乎發生過很多事情。」

然後他走到二樓去，沿路不斷地嘆氣，突然間他就看到了某個場景！這時他感覺到在二樓的陽台有積水的情況，有一個小女孩正坐在階梯上，沒有穿鞋子且一直不斷地哭泣，接著就看到一個男孩子走過來，把一雙鞋子拿給她，讓那個小女孩有鞋子穿可以走過積水處。因此，那位小女孩露出了笑容，消失不見。

這位新老師不斷心想，關於他所擁有的靈異體質，該怎麼樣才能對別人有所幫助呢？可能需要花比較久的時間，才有辦法讓大家接受他特殊的能力吧！

「……過了十幾年，那位老師的想法有了變化，因為越多人接受他具有靈異體質的能力，就有越多人因此而死亡。」講到這個童話的最後，坤庫老師的聲音變得有點奇怪。

「老師，那個幫忙小女孩的男孩子是不是您呢？」

「是的，那年我十四歲！妳覺得可不可愛呢？」老師說。

雖然老師想要把他最後所講的事情變得比較好玩，不過我並沒有有趣的感覺，因為我深深感受到在老師的心裡，還有事情是不想告訴別人的。

那個感覺就是……自己和別人是不同的！

因為當我跟小蜜她們在一起的時候，我也有過這樣的感覺，只有雅麗是最了解我的人。
總之，要找到一個能夠真正了解我們自己的人，是一件很難的事情！

故事5

鬼朋友

穆拉家是一棟四層樓的建築物，在他家的三樓，有一間空房，沒有人住。因此，他把這個房間作為他舉行危險儀式的地方。

在那間房中間，現在有個男孩子正躺在地板上，而在他的周圍，是被三十支已經點燃的蠟燭給圍繞著。另外，他用白棉線把自己的手腳綁了起來，這條白棉線也把那三十支蠟燭連在一起。最後，他的手上拿著香、蠟燭和蓮花，在他的身邊則是放著一支手機。

他慢慢地閉上眼睛，希望用這個方法可以見到他最想見的人。

穆拉的靈魂慢慢地脫離身體出去，這時他身旁的手機也響了起來。

手機上顯示　未接來電1通　雅麗 ^v^

我坐在地板上，深深地嘆了一大口氣。

「小珠！妳也滿聰明的，第一個問題就問它知不知道一百個鬼魂的遊戲！也還好我們先問了這個問題，不然可能我們就需要玩比較久的時間。」小娜對我說。

「它已經走了嗎？」小川看著那枚錢幣，似乎感到擔心地說。

「剛剛那枚錢幣突然跑到『出』這個字，那它到底是要表達什麼呢？呃！可以請它再做一次嗎？」小娜疑惑地說。

「我們要不要先等小露來再說啊？我們就不用一直重玩，而且要請鬼魂離開錢幣，也不是那麼簡單的事情！」小川建議。

「對啊！但是小露到底跑去哪裡了？它應該到了才是啊！」我同意小川的看法。

「我們再玩一次好了，不然一直等它，不一會兒就天亮了。」小娜邊說邊把那枚錢幣放回紙上，從包包裡拿出一支蠟燭。於是我們又重新玩了一次，當我們說完「普」、「托」、

「塔」、「雅」這四個字三次之後，大家都屏息以待，準備開始玩這個遊戲。

「希望我們這一次會成功吧！」小娜許願。

「但我覺得不會成功，因為小露還沒來。」小川說。

錢幣開始慢慢地在紙上繞圓移動，此時我們三個人都很興奮，想念當時和小露一起玩鬼錢幣與遇到希麗察的時候，而現在我們就有回到那個時候的感覺。

「你知道一百個鬼魂的遊戲嗎？」我馬上問了第一個問題，這時錢幣停在原地，似乎正在思考，但一下子它就移動到「是」這個字上面。

「很好！但是它是不是我們想要找的人呢？呃……應該還要問什麼問題呢？」小娜很高興地說。

「您是誰呢？」這次小川發問了。

這次錢幣移動到「不」這個字上面。

「它是不能回答或是不想回答呢？」

「咦？這裡的居民會知道一百個鬼魂的遊戲嗎？我感覺應該不會流傳到這裡來才對啊！」小娜突然有了這樣的疑問。

「先等一下！現在我們已經問了幾個問題了呢？」

「兩個！我們要不要問它是男生還是女生？」小川建議。

這時錢幣就像是要回答小川的問題，移動到「男」這個字上面。

「哈哈！我想一定是坤庫老師！」小娜笑嘻嘻地說，從這個時候開始到問遊戲的最後一個問題前，大家一點都沒有嚴肅的感覺。

「喂！我們真的要問最後一個問題了嗎？我們還不知道它到底是誰呢？我覺得先不要問好了，再等小露一下子吧！」小娜說。

「喂！妳們看！」

小川叫我們回來注意看那枚錢幣，這時儘管我們都還沒有問什麼問題，不過它已經開始移動，而且它一直在紙上移動，一點都沒有要停下來的跡象。

「發生了什麼事？」我嘗試控制手指，不讓它離開錢幣，但是由於我現在是用指甲那面和錢幣接觸，所以控制起來有相當的難度。

「我的手指快要控制不住錢幣了！」小娜不斷地大叫，此時錢幣就突然停了下來。

這時我們三個人互相看著對方，不曉得該做什麼才好。

「找……找到鬼魂！」小川突然說出這句話，錢幣就移動到「9」這個字上面一次，然後……

咻！

「啊！」

先前點燃的蠟燭全都突然熄滅了，就像是有人把水潑到它們上面，導致四周陷入一片黑暗。過了一會兒，大家都沒有說話，也幾乎忘記了接下來應該要做什麼事情，因此我開始念經，想要結束這一次的遊戲。當我念完經之後，小娜就慢慢把錢幣翻面，而我和小川則是把手指抽離開錢幣。此時，我們完全看不到什麼東西，有的只是一整片的黑暗。

「哈……！」

這一個好可怕的聲音就從黑暗中突然地傳了出來，而且這一個像是神經病的笑聲，我竟然感到有點熟悉！

「我覺得……我們來這裡真是對的選擇！」

在黑暗中，隱約看到一個黑色陰影站在水池後方，由於它一直笑，所以它的身體不斷地搖來晃去。沒一會兒，從那個陰影下方，就有橘色光芒出現在那裡。這是一個禿頭的老男人，穿著舊舊的衣服，外表像一位身障人士，不應該可以到處走來走去，但是似乎這個老男人有用不完的力量。此時我看到它手上拿著一支點燃的蠟燭。

「妳們怎麼敢叫我來這裡！」

當它一講完這句話，我們三個人馬上抱在一起。

「我們……我們想跟你要求一件事情……」小娜用她顫抖的聲音說。其實這個老男人並不比其他鬼魂可怕，但是因為它實在太瘋狂了，以致於我們無法跟它好好地談。

「我們來打賭好不好？如果我們贏，你跟你的遊戲一定要離開我們的學校！」

那個老男人馬上停止笑聲，面露凶光地說：「沒有人會贏我的遊戲……連妳們也沒有辦法！」

「等著看吧！我們會證明給你看！二十一天之內，我們會找到一百個鬼魂，如果我們找不到，就任你宰割；不過要是我們找到了，你一定得離開我們的學校。」我說。

除了給我們很難看的笑容，那個發瘋的老男人並沒有再說什麼，接著就用它那細細的手指捏熄蠟燭，讓四周再次陷入黑暗。奇怪的是，我們先前點的蠟燭就突然亮了起來，就像是神奇的魔法，令人無法置信。

「第一個鬼魂……」

當這個聲音出現在我耳邊時，我嚇了一大跳，馬上跑到水池旁。其實這是我的好朋友小露的聲音，它正飄在我身後，看起來很蒼白，就像是病人。

「喂！妳到底跑去哪裡了？」小娜本來要跑過去抱住好朋友，還好她先想到小露是鬼魂而停了下來，要不然她一定會掉到水池裡。

「不好意思，沒有按照妳們的計畫行事。不過當我的主人在的時候，我是沒有辦法做太多事情的。」

「妳可不可以別叫它主人！它只是一個老瘋子！妳看！它一來就讓我們原本點燃的蠟

燭全部熄滅！而且它的所作所為就像一個降頭師。」小娜說。

聽了她們的對話，我噗哧地笑了出來，不過我想只有我比較清楚那個老男人曾經做過什麼事。

「妳們應該計畫好如何去贏這個遊戲了吧！比如去墓地，或是開車去常常發生意外的彎道等等。」小露問我們。

小川搖了搖頭說：「呃……小露！我們還沒有什麼計畫。我們現在就很像是第一次玩這個遊戲的時候，只想著要怎麼看到鬼，但是還沒有任何想法。」

小露嚇了一跳，看起來像是看到鬼，然後它接著說：「妳們沒有任何計畫嗎？那怎麼敢和我的主人打賭？妳們知道嗎？如果妳們輸了這個遊戲，會遇到什麼事情？我想一定會比普通的情況還要嚴重！」

「妳說的是什麼意思呢？」

「妳覺得妳們和那個老瘋子那樣說話，如果妳們輸了，它會好好地殺妳們嗎？」

我邊收拾東西邊說：「好啦！這還算是一件我們做得到的事情！」

我們全都安靜下來，看著彼此的臉，然後笑了出來，就像是又回到以前快樂相處的時光。但是……這一次會不會是最後一次呢？

死的人

「坤庫，有比較好玩的事情嗎？」阿偉問老師這個問題，或許是它覺得老師所說的事情不太有趣吧！然後它說：「比如你念高中時的事蹟，或是喜歡的人是誰等等，什麼事情都可以，就是不要和鬼有關係就好了。」

「嗯……但是在我的生命之中，任何事情都跟鬼有關係啊！」

「老師，我想聽聽關於您女朋友的事情，之前老師有沒有曾經喜歡過的女生呢？請老師告訴我這樣的故事可以嗎？」我請老師講關於他的愛情故事。

坤庫老師停下腳步，我們也跟著停了下來，然後老師說：「關於我喜歡的人嗎？那是很久之前的事情了，而且也沒那麼好玩……」

那是在十七歲的時候，正是不想聽長輩的話的年紀，無論是打扮或是頭髮的事情，都有他自己的看法，特別是頭髮的部分，更有著越長越帥的奇怪想法。總之，就是想要讓自己看起來帥帥的，就和其他朋友一樣，不過在長輩們眼中，他看起來並不是帥氣，而是比較雜亂的感覺。不過最後由於自己也受不了過長的頭髮，所以就剪掉了，不想再和別人做比較。

第二個學期，傳言有一個新的女學生要轉學進來，而她是來自於其他地方，特別的是她對於看手相很有研究。其實坤庫過去對於這樣的事情也很有興趣，不過當他的爸爸離開之後，他就不想再跟這樣的事情扯上關係。但是這次他又重新燃起興趣，因為他想知道除了他爸爸之外，還有誰也對這樣的事情在行？

其實新同學是在隔壁班，不過每次坤庫想找朋友一起過去給她看手相的時候，她都已經回家了，試了好幾次都是這樣，於是後來他逐漸忘記這件事，就沒有再去給她看手相的想法了。

有一天，為了找作業簿，他跑去老師的休息室。在那裡，他遇到了一位女生，看起來白白的，身材微胖，戴著黑框眼鏡。當時，她就站在那裡，一直注意著正在找東西的坤庫。

「不好意思，請問你是不是坤庫？」那位女生問他。

當坤庫轉過頭來看著這位女生的時候，她馬上看坤庫制服上的名字，然後露出相當高興的表情。

「就是你啊！因為你的自然科學作業簿不小心被送去我們班上，我是專程拿來這裡還給你的。」

「這樣啊！真是謝謝妳！」我邊說邊伸手去拿作業簿，而在那個時候，那位女生就看到我手掌上的紋路，然後皺起眉頭。

「嗯……」

「怎麼了嗎？」他問。

「你的手相……看起來很凌亂！」

「喔！原來妳就是那個很會看手相的新同學啊！真是剛好，我想請妳幫我看手相很久了，但是一直苦無機會。現在就請妳幫我看一下好了。」坤庫說。

說完後，我把兩隻手伸出去給那位女學生看，不過當時她的神色看起來相當嚴肅。

「我從來沒有看過像你這麼凌亂的手相啊！你看！這一條，那一條，整個亂七八糟，這就表示……你的一生會一直遇到很多麻煩的事情！」她表示。

坤庫笑嘻嘻地表示應該是這樣子吧！

「你的生命線很短，而且之前斷掉過一次，或許是因為你運氣比較好，才能夠存活到現在。但是無論如何，當你到了一定的年紀，你就一定會死，而且會死得很快！」

「妳說話可真是直接啊！」

「沒有辦法啊！這就是你的宿命，而且你看你的生命線後面，還有繼續延伸的細痕，這表示……當你死了之後，還有一堆事情等著你去處理，你總會跟奇怪的事情扯上關係。」她說。

坤庫對於她所講的事情，嚇了一大跳。

「還有另外一個生命……會跟你有關係……」她停下來想了一下，接著說：「要怎麼講才好呢？就是你會遇到一件你無法擺脫的事情，而且你也要一直追捕著一個人！」

坤庫苦笑且握起拳頭說：「夠了啦！別說了！」

「咦？」

「現在很晚了。先回家吧！如果遇到奇怪的事情就不好了。」坤庫邊說邊指著外面。

於是他們往回家的路走，女生對坤庫自我介紹，她的名字叫作小夢。

「妳什麼時候發現妳有看手相的特殊能力呢？」當他們一起離開的時候，坤庫問了她這個問題。

「嗯……大概是七歲的時候吧！當我看到媽媽的手相之後，我就知道她之後會發生什麼事情。一開始我對於這樣的特殊能力感到很驕傲，能夠知道過去與未來，不過隨著時間的流逝，我越來越討厭這樣的能力。」她說。

「為什麼呢？」

「就是……我之前的學校啊！大家都很討厭我，因為我預言一個學姊和一個學長的愛情不會有結果，也因此讓學姊對於那位學長越來越不信任，到最後真的分手了。後來她一直罵我，其實是她一開始選擇要相信我的啊！」她說明。

「有時候妳能夠知道未來會發生的事情也是挺可怕的！因為妳知道未來的事情一定會發生，而且無法改變，所以如果是不好的事情，妳自己一定也會覺得很難過。此外，就算妳告訴別人，別人也不一定會相信妳，不過要是未來的事情真的發生了，別人就會遷怒到妳身上，認為是因為妳亂說，才會讓事情發生。」坤庫說。

接下來兩個人繼續安靜地往前走，彼此心裡也在想著很多事情，直到小夢開始說。

「我知道你也是這樣！」

「怎麼樣？」

「就是……自己有奇怪的能力啊！」

「聽起來怪怪的啊！嗯……妳有沒有算過自己的命運呢？」他笑嘻嘻地問。

「沒有，我覺得有這能力的人，是不應該算自己的命運的！」她回答。

「妳這樣的能力會消失不見是不是？」

「對啊！不過有時候我很希望它不見，有時候又希望它保持下來，說真的我也不太了解自己。」

「要不要給我看看啊！我對於這件事情也滿在行的喔！」

坤庫看看那位女生的手相，露出了納悶的神情。

「有什麼問題嗎？」

「呃……嗯……看不出來啊！」

她笑著說：「對啊！聽說算命師的手相是最難看出來的了。」

從這天之後，連續好幾天他們兩個人都一起走路回家，也因此讓他們越來越熟悉。直到坤庫國小就認識的朋友阿波來找他，告訴他一件不好的事情。

「喂！你知道我們隔壁那一班被鬼騷擾嗎？」

「騷擾什麼啊？」

「拜託！除了見鬼的事情，你還會知道其他事情嗎？」

「我就是比較粗線條啊！」

「算了！但是你還記得我上個星期提到的新同學嗎？」

「嗯……小夢是不是？」坤庫想到了這個名字。

「你也認識她嗎？」

「當然啊！因為每天晚上我們都會見面，前天我們還一起去吃粿仔條。」

「靠！你……跟鬼一起去吃飯嗎？」阿波大聲到一整個班的人都轉頭來看。

「太大了……你太大聲了啦……」坤庫小小聲地說，但是他的朋友根本不理他的話，越講越大聲，還要坤庫站起來轉幾圈給他看。

「你不會已經被鬼附身或是被鬼迷惑了吧？」

「附身什麼？你瘋了嗎？」

「你真的不知道嗎？你每天見面的朋友，她在兩個星期之前就死了！」

坤庫聽了之後點點頭，然後苦笑著說；「當然知道啊！你忘記我有靈異體質了嗎？」

他其實已經知道那位女學生不是普通人，她已經因為被先前學校的人嚴重排擠而自殺身亡，時間是她預計轉學來的一個星期前。因此，要是她早一點轉學的話，或許就不會發生這樣的悲劇了。

前天當他們兩個人坐著吃粿仔條的時候，小夢就告訴他：「坤庫，你可以當我的好朋友嗎？」

那個時候，坤庫的嘴巴裡塞滿了粿仔條，不過還是趕緊點頭回答她：「嗯！好啊！」

她露出了笑容，然後慢慢地把筷子放在碗上，接著說：「我很高興，現在我有朋友了……」講完之後，她就哭了出來，然後一直看著仍是滿滿的那碗粿仔條。

「我已經有朋友了……我已經有朋友了……謝謝你……」

坤庫只能夠點頭，然後看著那個女生慢慢消失不見。但是他也想要謝謝她，願意找他當她的朋友，而且他心想：如果有能力跟自己比較相像的人當朋友，應該也滿不錯的。其實當坤庫幫她看手相的時候，就發現她的生命線已經消失不見，而且其他的線也很淡，那時就知道她不是普通人，而是鬼魂。但是無論如何，他也很高興可以在那個女生安息之前，有機會對她做一件好事。

在那之後，坤庫安安靜靜地吃著粿仔條，不過心裡倒是出現一個疑問，那就是：

那誰要付……另外一碗粿仔條的錢呢？

故事6

請留下訊息……

直到目前為止，坤庫老師的家依舊保持著原來的狀況，因為無論是誰來看房子，都會有奇怪的感覺，似乎有什麼東西在裡面。因此，現在已經不讓別人再進去了。

有位記者已經好幾天都跑過來這裡，不過今天她的運氣比較好，因為她看到這間房子的大門微微地打開，才知道原來這道門根本就沒有上鎖，保留眼前的情況似乎是在歡迎她的到訪。

抑或是這是她厄運的開始？誰知道呢？

這時她撥手機給另外一個同事，然後說：「喂！幫我跟老闆講一下，這次多留一點版面給我，我就要有很多新聞可以寫了！」

說完之後，她慢慢地推門走進去。映入眼簾的是一整片凌亂的庭園，可能是因為很久沒有人整理了吧！再往前走，就看到一片紗窗，在它後面則是一道布滿著灰塵的門。走進房屋之後，首先看到的是客廳，屋內擺設看起來很正常，似乎和普通的家庭沒有什麼分別。但是此時她突然笑了出來，或許是她覺得在這裡一定可以發現和一百個鬼魂遊戲有關的線索吧！

對啊……這裡真的就如她所想的那樣，而且比她想的還要更多！

汪！汪！

她四處東張西望，想嘗試去找到聲音的來源，而且邊找邊說：「是哪裡來的狗啊？那麼會叫！」

汪！汪！

狗持續發出叫聲，不過她決定不理會這個叫聲，繼續往前走，然後走到一張桌子前面，上面放著許多照片。當她正要拿這些照片起來看的時候，聽到似乎有東西從樓上掉下來的聲音。

「這一次又是什麼事情！」

於是她繼續往前走，然後上了二樓，在那裡就看到一間門打開著的房間。她走了進去，馬上看到兩隻鳥站在裝有舊窗簾的窗戶邊。

她再仔細看看這個房間，發現門邊有一張大大的鏡子，看起來可能是用來化妝的吧！這時她看著鏡子裡的自己，然後不過才眨了一下眼睛，鏡子裡出現的臉就突然變成了另外一個長頭髮女人，而且表情看起來像在生氣！她的眼睛異常地綠，嘴巴則是微張，露出爛爛且令人恐懼的牙齒！

「呃……呃……」那位女記者遇到不應該遇到的事情了。

汪！汪！汪！

「啊！！！」

她的慘叫聲相當淒厲，不過沒有人可以幫她。其實如果她懂狗的語言，她就會知道那隻狗是在警告她不要進去裡面。

而且也想順便告訴她：其實這間房子的主人是不歡迎客人到訪的！

活的人

我們現在是在佛教宿營活動的大廳，我感覺很不舒服，可能是因為呼吸不順吧！這也難怪，大概有五百個學生擠在同一個空間，又加上冷氣開得很強，才會讓人有不舒服的感覺。由於我比較高，所以我現在是坐在女生的第十六排，已經幾乎是最後面的位置了。小娜坐在我的前面，小川則是坐在我前面三排的地方。

前方的演講者講得口沫橫飛，而且提到了好幾個主題，不過由於這些事情都已經是老生常談，所以學生們似乎一點都不想聽這些關於做好事與做壞事的論點，只想趕快進行接下來那些比較有趣的活動。

這時我屈著雙腳坐在地上，把頭趴在膝蓋上面休息。

有個女生在地上爬行，從長頭髮突然變成了短頭髮，而且她身體有一半是淹沒在水裡面的。

她想請我幫忙……

有一個矮矮的學生正在哭泣。

「……為什麼不幫幫我們？……」

我也常常說我沒有辦法幫忙誰，不是嗎？

「……妳可以幫幫我們，為什麼不幫忙呢？……」

因為我沒有辦法幫忙任何人啊！

「……我們回去幫幫老師吧！小珠……」

那個時候我回答我去了也不會有什麼幫助，只會讓老師更累。

「……等一下我會自己回去幫幫小娜和小川……」

對啊！只有坤庫老師才有能力幫大家。不過最後的結果又怎麼樣呢？

「……小珠……」

我很笨，我太驕傲了，我想當大家的領導，不過最後如何呢？全盤皆輸！

「……小珠……」

其實當老師要往生的時候，我都沒有跟老師道歉，因為那個時候我以為老師只是開我玩笑而已。

「小珠！！！」

我一睜開眼睛，就看到小娜那張生氣的臉孔。

「為什麼不把這張紙往後面傳呢？快一點！」

「好啦！好啦！」我邊說邊揉了揉眼睛，然後想要趕緊把這張紙往後傳。不過在往後傳之前，我看了一下紙條，然後問：「這是什麼啊？」

「這是要找朋友的遊戲啊！等一下有三十分鐘的時間，要依據紙上提示尋找最合適的朋友！」小娜試著說明給我聽。

於是我看了紙上的提示，包括成績最棒的朋友、近視度數最深的朋友、頭髮最長的朋友、最漂亮的朋友、電腦能力最強的朋友、星期二出生的朋友等等。在開始找朋友之前，我先寫下一些名字。過了一會兒，當台上的演講者示意可以開始找朋友，大家就像是蜜蜂似地，到處跑來跑去，為了趕緊寫下合適朋友的名字和班級。

這時我轉頭去看後面，就發現我原本已經鎖定的那個同學不見了，於是我轉換目標去找其他人，此時突然看到一個女生，看起來不太有生氣的樣子，於是我馬上跑過去找她。

「呃，妳叫什麼名字呢？」我問她，在我說完之後，她的身體動了一下，看起來像是剛剛才起床，然後轉過頭來看我……

「小珠！幫我寫一下吧！」

我轉過頭去，原來是另外一班的同學，她請我幫忙在「星期二出生的朋友」的位置上寫下名字。當我寫完之後，再轉頭回來，那個女生已經不見了。

「啊！慘了！少一個名字了。」

「小珠！小珠！過來一下。」小川邊說邊抓住我的手腕，把我拉過去小娜那邊，這個時候小娜的旁邊則是圍繞著從其他班跑過來的男生。此時我下意識地轉頭回去，又看到了剛才的女生，她仍然站在相同的位置，而且我有種似乎現在所發生的一切都與她完全無關的感覺。

三十分鐘之後，大家都找到許多朋友，也寫下了許多名字。但是對我而言，我的心裡卻是納悶某一件事情。

很快地時間已經來到中午，我們有一個小時的時間，可以休息、吃飯或是做自己的事情等等，像現在小娜就正幫小川綁頭髮。而在這個時候，我們聽到另外一群學生正在聊天，而且每個人感覺都很興奮。

「喂！妳知道嗎？聽說有人看到啊！」

「看到什麼？」

「就是……呃，我不敢講啊！」

「拜託快點講吧！」

「妳記得昨天晚上停電嗎？在那之後，有男學生出去上廁所，然後望向我們住的地方，接著就看到……」

「小珠！如果妳再繼續歪著頭偷聽別人講話，別怪我把妳的頭打到另外一邊喔！」小娜很大聲地對我說，於是我馬上把頭擺正，不過還是繼續聽著她們聊天的內容。

「喂！妳們知道嗎？那真是超級恐怖的！」

「那到底是什麼東西？像妳說的那麼可怕？」

「就是她們看到有個女生站在屋頂上面！！！」

「啊！！！！！」

我和小娜嚇了一跳，然後轉過頭去看著小川，因為她就是剛剛那聲慘叫聲的主人！而且小川這樣的舉動，也會讓我們被發現正偷聽別人講話。

「拜託！只是一隻蟑螂。」小娜靈機一動，馬上假裝在罵小川。因此，那些學生不疑有他，仍然繼續她們剛剛的話題。不過我還是注意到她們有些人轉過頭來看著我們。

「然後呢？」

「那個女生不只是站著，還搖來晃去，就像是一個瘋子！」

「她是怎麼搖來晃去的啊？」

「我聽說她的手不斷揮動著，身體則是時而消失，時而出現，聽起來真是可怕啊！也難怪他們看了一下下，就馬上嚇到落荒而逃。」

「還有啊！早上她們跑去問煮飯的阿姨，她就告訴她們，每當月圓的時候，那個女生都會在這裡出現，大家都覺得她是負責管理這邊的鬼！」

「那她幹嘛讓這裡停電呢？」

「停電這件事可能不是她做的吧！」

「先不要說了，我們還得住在這裡，等我們回去學校之後再說吧！」

這時小娜在我耳邊小聲地說：「妳覺得她們提到的那個女生是不是小露呢？」

我搖了搖頭，接著說：「小露應該不會在屋頂上跑來跑去吧！還有那位煮飯的阿姨也說這狀況很久之前就存在了，不是嗎？因此，我覺得應該不是小露！」

「如果昨天晚上是我們遇到那個女生，妳覺得會怎麼樣？」

我想我會全身起雞皮疙瘩，更何況我一點都不想想到這件事情！

接下來在大廳裡，即將開始玩一個叫作「疊盤子」的遊戲。簡單來說，就是在這裡的五百多個學生，每一個人就像是一個盤子，首先要分為十個人一組，而且分別編號從一到十，然後排成一個類似「6」的形狀，其中編號一號的人站在交叉的地方，其他依此類推，編號十號的人就是在最後尾巴的位置。分好之後，最後要留五個人當額外的盤子。遊戲開始後，在規定的時間內，那五個人就必須分別跑到各個小組裡去，作為該小組的一號，而該小組的十號就必須被趕出去，跑到另外一個小組去當一號，但是不可以跑到原本小組周圍的小組內。最後當規定的時間結束，還沒有找到小組的同學，就必須接受懲罰。

我、小川和小娜站在第一排，其他人則都是男學生。在老師嗶一聲之後，大家就開始跑，不過對我來說，現在這裡實在是太多人了，感覺不太舒服。由於老師想要打散大家，不想讓大家有各自的小團體，所以強迫大家一定得動起來。但是我們三個人一開始就已經說好，只要有人必須到另一個小組，接下來離開的人也必須到同樣的小組去。

遊戲玩到後來，就有兩個學生因為想要搶同樣一個小組，最後必須猜拳決定。後來是一位女學生猜贏了，所以她加入我們這個小組，此時排在最後的小娜就必須離開，而當她跑出去，為了記得她到底跑到哪個小組去，所以我不斷地注視著她，直到她跑進另一邊的一個小組之中。

玩來玩去，我看到許多人玩得很開心，看起來笑嘻嘻的，不過我猜一定有很多人算錯或是搞錯，因為我看到有些小組的人數根本是錯的，有一組甚至只剩下三個人。另外，由於太混亂了，現在我已經找不到小娜所在的那個小組了。

「小川，妳記得小娜跑到哪裡去了嗎？」我問在前面的小川，但是我再仔細一看，現在在我前面的也已經不是小川了。

「呃！不是小川！」

現在大家仍然繼續跑來跑去，不過人數似乎越來越少，甚至有一些小組，他們整組人都消失不見了！我逐一去看每個人的臉，主要是想找到小川和小娜的蹤跡，不過現在我所看到的每一張臉孔，我都不認識。因此，現在我不但找不到小娜，也找不到小川了。

再過一會兒，我就發現全部的學生都消失不見，只留下我一個人站在這個空蕩蕩的大廳之中。

「大家……大家都跑去哪裡了呢？小娜！小川！」我放聲大叫。

沒有人回答我，四周仍然安安靜靜的。這時我就將手伸進裙子的口袋，為了尋找坤庫老師的護身符。但是我找來找去，卻只找到那天我們玩遊戲的五元錢幣！拜託！怎麼會是這枚錢幣……

啪！

「啊！對不起！」

「妳幹什麼啦！妳看，小珠起床了！」

這時我馬上睜開眼睛，就看到兩個朋友正站在身邊，嘗試著把她們的包包從上面的行李架拿下來，我則是發現自己正坐在窗戶旁邊的位子……原來我現在是在車子上面！

「到學校了，小珠！」小川睡眼惺忪地對著我說。

「不用告訴她啦！應該告訴她車子還沒有出發，讓旅行社把她帶走才對！」小娜開玩笑地說。

我揉了揉眼睛，另一隻手則是伸進裙子口袋，發現那枚用來玩一百個鬼魂的遊戲的錢幣還在，這時我心想：還好，如果不見就慘了！這一次我們三個人事先就已經討論過了，要輪流保管這枚錢幣，一個人負責一天，避免像先前發生爭吵的情況，而今天是我負責保管的日子。

「我們從宿營回來了嗎？」我問那兩個「好可愛」的好朋友。

「當然啊！而且當我們準備離開那裡的時候，妳也說很高興啊！」

「嗯……我剛剛夢到宿營的事情，害我頭暈到現在。」我說，頭有點痛。

「妳夢到了什麼？」小川問。

「……我夢到我們正在大廳玩遊戲，然後大家突然消失不見，只剩下我在那裡……」

「拜託！如果在宿營活動中，能夠讓我們玩一些比較有趣的遊戲就好了！但是他們只讓我們玩找朋友之類，給小孩玩的遊戲，真是無聊死了！」

這時我突然聽到手機有收到簡訊的聲音，所以馬上拿出手機來看。

您有一則語音訊息

來自　小潘

我馬上撥號進去聽這一則訊息。

「我……我……是……穆……拉……請……請……小……珠……學……姊……祝……祝……我……好……運……」

「小珠！妳在聽什麼？」

為了想再聽一次，我一邊重新撥號，一邊回答：「不知道啊！聲音很不清楚，但是這是小潘的電話號碼！」

但是無論聽幾次，或是換人來聽，那則語音訊息仍然聽不太清楚。

「是男生的聲音！還是小潘的父母把她的手機賣掉了，然後有人亂留言呢？」在小娜聽了第七次之後，她有了這樣的想法。

「如果是那樣，那直接打就好了，幹嘛要留言呢？」

「嗯……但是聽起來真的不太好，聲音斷斷續續的，無論我怎麼聽也聽不清楚！」小川聽過之後，表示了這樣的看法。

「我覺得這只是一則騷擾訊息。」小娜邊說邊把我的手機拿過去，然後也準備發一則語音訊息：「喂！你不知道嗎？……呃！系統那邊說沒有這個號碼！」

「我來我來！」我把手機拿了回來，然後撥號回去。

「您所撥的電話號碼，目前無法接通……請在嗶一聲後，留下您的訊息……」

死的人

我們到了一個過去從來沒有看過的地方，現在我們站在一條很像高速公路的道路上，旁邊則是山。不過，現在我們連在南邊或是北邊都不知道，只知道這是一個很偏僻的地方。另外，這裡是光亮的，不過空中並沒有太陽，也沒有星星和月亮。老師告訴我們要在這裡休息一下，雖然鬼魂沒有什麼感覺，不過剛剛死去的鬼魂則是還會保有自己仍然是人的感覺，所以才會在走了很久之後，有想要休息的想法。

像我現在感覺已經走了好幾個小時，不過由於在這個世界沒有時間，所以我一點都察覺不到時間過得快或是慢。有時候我也會有腳痠的感覺，但其實雙腳應該是沒有什麼感覺的，可以走很久很遠的，只不過現在我還有當自己是人的感覺，才會有想休息的念頭。

現在我們停在路邊，看到一群人站在那裡……不對啊！它們不是人，它們跟我們一樣都是鬼魂，但奇怪的是它們是彩色的，並不是黑白的。另外，我看到它們穿著白色上衣，紅色沙龍，頭髮短短的，很像傳統的泰國民眾。這時我看到老師向它們點頭打招呼，不過它們理都不理，就直接走了過去。

「它們是誰呢？」我問老師。

「它們很像……學生警察[1]，主要是管理這個世界的鬼魂，避免它們有不守規矩或是行為脫序的情況發生。」老師回答，然後轉頭來看我，接著說：「我們也算是不守規矩的鬼魂！」

「坤庫！」阿偉看起來不滿意老師的說法，而且它的眼神一點都不像小孩。

「先不要在這裡多講話比較好……呃！那是誰呢？」

我們轉過頭去看這條路的盡頭，就在一團灰暗之中，看到了一個黑色陰影！

「那是……人……正在跑是不是？那是一個男孩子啊！」阿偉說。

我一直注視著那個越來越靠近的黑色陰影，然後我睜大了雙眼。

「穆拉！！！」

原來那個黑色陰影是穆拉啊！這時他邊跑邊抬頭看著我的臉說：「小潘小姐！！」

「原來就是那位男孩子啊！你怎麼會來這裡呢？」坤庫老師說。

「你們看！他的腳上有棉線，表示他還沒死啊！」阿偉指著穆拉的腳。

接著穆拉就跑到我們所在的地方，對我說：「小潘小姐！還好我先往這個方向跑！」

「你怎麼會跟著我們來呢？」坤庫老師問。

「我只是跟隨自己的感覺，也不知道怎麼會來到這裡。」穆拉輕輕鬆鬆地回答了老師的問題，但其實這裡的情況並沒那麼輕鬆啊！

「還好剛剛這個男孩沒有遇到學生警察，要不然真不知道他會發生什麼事情？」阿偉對老師說。

註釋

1 學生警察是在泰國的一種特殊工作，主要都是志願者，負責管理全國的學生，避免他們有行為偏差的情況。

「你們正在講什麼啊？」穆拉問，看起來一點都沒有進入狀況，而且我想他也沒想到在這個世界也還有像學生警察的存在吧！

「你怎麼會來這個世界呢？」我問，而且應該一開始就要先問這個問題了。

「我用和小潘小姐之前一樣的方法啊！」他看起來仍是一派輕鬆，不過由於我覺得他實在太誇張了，所以我朝他的頭拍了一下。

「你不知道嗎？這樣做很危險，如果沒有人幫你把線剪斷，那你要怎麼回去呢？」

「呃！對喔，我也忘記了！」穆拉拍了一下手，看起來像剛剛才想到，接著說：「不過當我看到小潘小姐安全的樣子，我就很高興了。因為小潘小姐死了之後，就消失不見，不像小珠學姊的朋友，還會回來找我們，所以我也會害怕妳遇到了什麼不好的事情！」

「需要別人擔心的是你才對吧！因為你破壞規矩來到這裡，所以有很大的機會會被學生警察抓去的！」

「想來想去，它們可能不是學生警察，看起來比較像……鬼差，不過也不一定是。總之，應該是滿接近了啦！」坤庫老師突然冒出這句話。

「這個世界也有鬼差嗎？」

我不知道該如何處理這位笨穆拉的愚蠢行為，但是有認識的人從另一個世界來到這裡，卻讓我感到很安心。

嗶……！

這個怪怪的聲音來自於穆拉褲子的口袋。

「什麼東西啊？」

「慘了！趕快跑！」阿偉是第一個察覺到有問題的人，我卻沒有任何的感覺。現在坤庫老師和阿偉則是拉著我和穆拉，要趕緊逃離這個地方。

「發生了什麼事？」

「穆拉！你的口袋裡有什麼東西？」坤庫老師問。

「電……電話！」

「可以先關起來嗎？如果你開著，那些人會抓到我們的！」阿偉說，似乎有些不悅。

於是穆拉趕緊從他的口袋裡把手機拿出來，馬上急著關機，此時我看到了那支手機，然後說：「那不是我的手機嗎？」

「是啦！而且我來這裡也是因為這支手機啦！」

「往那邊跑！」

這時我們來到了一個丁字路口，老師建議我們往左邊跑，我邊跑邊回頭去看後面，就看到一大群陰影正跟著我們。因此，我的腳動得更快了，但是儘管現在我已經是鬼魂了，我的運動能力居然還是一樣差，所以現在我跑在最後面，而那個黑黑的穆拉則是跑在遠遠的前方。

我們感覺越跑越低，旁邊的情況也是一樣，很像下山的感覺。此時在我們的右邊是一片很大的田，還可以看到遠方的山腳；左邊則是一條小路，路面已經乾癟龜裂，比我們現在正在跑的那條路還要低五公尺左右，我對於眼前這樣的場景感到很熟悉。

「小潘！！」

老師的聲音讓我嚇了一跳，而跌倒滾落到路外側的邊坡下去，那裡到處是石頭和沙子。這時我因為痛叫了出來，同時我轉頭去看後面，看到一大群人影正往我的方向而來。

那些人慢慢且安安靜靜地走了過來，一點都沒有推擠或是爭先恐後，很像是受什麼控制似地。這時我心裡有了一個疑惑，為什麼我對於這個情況感覺非常熟悉呢？

「小潘小姐！」這時我轉頭去看穆拉，他正把手從上面伸下來給我，同時說：「妳能夠上來嗎？」

我嘗試要往上爬，但是由於地上的沙實在太鬆軟，讓我的腳陷在裡面無法使力。於是我再嘗試助跑兩三步，終於能夠抓住穆拉的手，但同時那些人影也離我越來越靠近。這時我才突然想到，這些人影曾經出現在我的夢境裡面，而且這個夢境在我生前不斷地重複出現，不但讓我感覺到很痛苦，也跟著我直到死亡。因此，這些人影應該是鬼魂，不過它們在這裡做什麼？還有它們要去哪裡呢？

這時坤庫老師也伸手幫忙穆拉，好讓他能夠把我拉上來。

「趕快！盡量不要讓小潘掉到下面去，否則就會和它們纏在一起無法上來了。」阿偉告訴大家。

「它們是誰呢？」我邊跑邊問老師。

「它們也是死的人……但它們是壽終正寢的，不像我們是不得好死的。所以當它們死亡之後，就會成群結隊，直接往地獄前進，不像其他鬼魂，連要去哪裡都還不知道。不過我也是第一次看到它們，而且你們仔細看看，它們衣服的顏色比我們還要清楚。」老師回答我。

我轉頭去看看它們，然後對老師說：「是的。」

「穆拉！」

「是……是的！」穆拉看起來很吃驚，可能是因為老師突然叫他吧！

「手機呢？」老師用比較和緩的語氣問。

「是……是的，手機在這裡。噢，老師！有簡訊！好奇怪，這裡也能夠收到訊號嗎？」

穆拉拿起那支手機，邊看邊說。

「嗯……」坤庫老師似乎正在思考。

「有什麼事嗎？」

「沒事沒事！這封留言應該不是從地獄來的吧！」老師搖了搖頭，同時帶著開玩笑的口氣回答，這時穆拉則是按手機要嘗試去聽這封語音留言。

「沒想到聽到了女生的聲音。」穆拉聽完之後，告訴大家。

「是誰發過來的呢？」我問他。

「是小珠學姊發來的！」穆拉說完就把手機拿給我，接著說：「現在該把手機還給小潘小姐了。」

我從穆拉手上拿過手機，放到耳旁聽。

「妳是小潘嗎？如果不是，那真的很抱歉，請妳刪除這封簡訊；不過如果妳是小潘，那我不知道妳在那裡？也不知道妳和誰在一起？現在學校因為一百個鬼魂的遊戲而成為流言的目標，同時學校的名聲也大受影響……我也想要幫忙大家……嗶2……」

註釋

2這是電話斷線時的聲音。

故事7

有人說……

娜帕是一個普通的上班族，早上工作，晚上就回家。今天由於要把在辦公室的工作完成，所以她很晚才回到家。此外，當她每天回家的時候，就會看到媽媽那一張臭臉，簡單來說，就是自從希麗察死掉之後，她媽媽就變成這副怪怪的樣子。

當她打開門進客廳時，看到一位微胖、白髮且有年紀的婦女坐在一張木頭椅子上面，看起來神情有些呆滯。但是當她一看到小女兒，就突然很大聲地叫了出來。

「不要進來！快點出去！妳想要殺我是不是？！」

見到這個場景，娜帕深深地嘆了口氣。

「妳們姊妹兩個都是一樣啦！爛死了！都是壞孩子！」

雖然她每一天都會遇到這樣的情況，不過直到目前為止，她仍然不習慣。記得希麗察還在的時候，媽媽並沒有什麼特別奇怪的行為，只是比較不喜歡希麗察，其實希麗察也不太喜歡媽媽。簡單來說，媽媽只愛娜帕。但是自從希麗察離開了，媽媽的精神狀態就一天比一天糟糕，有時候甚至會很大聲地喊叫，就像是希麗察正站在她的前面。直到今天，她的症狀已經嚴重到不願讓任何人靠近她，怕自己會被殺害的妄想行為。

這時娜帕突然想到，之前有位算命師曾經跟她說過，在上一世，希麗察和她的媽媽是對立的敵人，彼此之間有很大的問題，所以這一世才會有這樣的結果。另外，那個算命師說在上一世，希麗察還有一個妹妹，也是處得很不愉快，所以這樣的情況就延續到了這一世。而這一件突然想到的事情，就讓聯她想到小珠，那個她之前回去學校要處理希麗察後事時遇到的女學生，這位女學生也剛好認識她的姊姊。娜帕心想，或許就是因為前世的恩怨，才會讓她們兩個在這一世仍然有理不清的糾葛，而且是想避也避不了的。

活的人

第二天……

我看著小娜和小川正在找關於鬼的資料，想要知道還有什麼地方可以讓她們找到鬼魂。不過由於泰國人很喜歡這樣的事情，學生更是特別喜歡。因此，就算我們花了一輩子的時間，也無法確認這些資料到底是真是假，是否真的能讓我們找到鬼魂？而其中有一些資料與地方，是很多人曾經提過的，所以讓人相信的可靠度也就相對地高了一些；而有一些故事，聽起來既可怕又危險；不過也有一些故事，聽起來相當愚蠢。但是這些資料或故事都有一個共通點，那就都是以「有人說……」作為起頭。

「有人說二三一教室裡有很多鬼，而且真的有人遇過。」有個女學生說。其實這件事情我們已經從兩個女學生與三個男學生那裡聽說過了。

「喂！這件事情確實聽過滿多人說了。那妳到底是從哪裡知道的呢？」小川問那位女學生。

「妳沒有聽過嗎？就是坤庫老師第一天來教書的時候啊！」那位女學生接著說：「很多學長姊一直提到這件事情。老師第一次到二三一教室上課的時候，問題就發生了。簡單來說，就是上課的時候，有位學生看到鬼，嚇到無法言語，下課的時候，那位學生馬上往教室外面跑去，接著就不小心從樓梯摔下去。因此變成了一件大新聞。」

「為什麼我們從來沒有聽過呢？」小娜說。

「結果坤庫老師如何善後呢？」

「聽說沒有什麼問題，因為學生的父母並沒有追究，要不然老師一定得離開學校了！很可惜老師已經走了，我真的很喜歡上他的課，我也知道妳們一定很難過，畢竟妳們跟老師那麼熟。」那位女學生說。

其實我們常常被問到這些問題，比如說：「妳們心痛嗎？」、「妳們應該很難過吧！」、「這真是令人難過啊！」等等。我也不懂為什麼他們要問奇怪的問題或是說奇怪的話，當然人只要遇到這些情況，一定都會很難過的啊！就連不認識的人在你前面死掉，你也會有難過的感覺。

小川看著她那看起來像是要交報告的筆記說：「平均來看，在一號與二號大樓，撞鬼的比例是比較高的。」

「當然啦！那兩棟是比較舊的大樓啊！」

「但是現在這兩棟大樓已經翻修過了，看起來很新，可能鬼已經搬家了也說不定啊！」小娜說。

「對了！還記得嗎？之前小露告訴我們許多可以見鬼的方法，其中有很多是我們還沒有用過的，想不想試試看呢？」我跟小娜說。
「然後呢？」小娜問，露出了不太敢嘗試的神情。
「嗯……我們還可以回去用之前的方法啊。」
當我們下課之後，時間已經是將近晚上六點了。這時我們三個人坐在藝術大樓的三三四教室裡面，等著管理員關門回家。我先把手機的聲音關起來，避免真的遇到什麼事情，突然出現的聲音會讓我們無法專心。
叩！叩！
一聽到這個聲音，我們三個人馬上躲到桌子下。不一會兒那個聲音就消失不見了。
「誰啊？」小娜問我，但我不知道要如何回答她。
小川伸出頭去看外面，然後說：「沒有什麼事情啊！」
「妳小心一點啊！如果是管理員怎麼辦？」小娜邊說邊想要把小川拉下來，但此時小川的身體可能是因為緊張，顯得相當僵硬而拉不太動。
「小川！喂！小川！」小娜叫她，仍嘗試把她拉下來，不過小川的身體還是相當僵硬。

我抬頭去看門口，想知道讓小川嚇到身體僵硬的到底是什麼？不過當我一看到那個東西，就馬上踢開身旁的桌子，然後一邊罵一邊往另一個門口跑出去，此時小川也跟著我跑，只留下小娜一個人在教室裡面。當我們跑了一段距離之後，就聽到教室裡小娜很大聲的怒罵聲。

「妳們！妳們幹嘛跑掉啊！」

我轉過頭去看她，不可置信地問：「難道妳沒有看到嗎？門口那裡有什麼東西！」

「如果妳們沒有告訴我，我怎麼會知道啊！那時候妳們只是大叫，然後就跑了出去，害我也嚇了一大跳，以為遇到了不應該遇到的東西！」小娜看起來很生氣地說。

「就是真的遇到不應該遇到的東西啊！難道妳沒有看到嗎？小娜！已經有鬼出現在門口那……那裡了……」小川結結巴巴地說。

這時我和小川兩個人握著手，安安靜靜地看著對方，很了解彼此目前的感受。

過了一下子，就有某個像是人形的東西站在小娜後面，臉黑黑的，嘴巴則是呈現像血一般的顏色。

「啊！！！！！！！！」

小娜過了很久的時間，才知道有鬼站在她的後面。

看到那個東西之後，我和小川拔腿繼續沿著走廊跑，跑到五號大樓與二、三、四號大樓連接的地方才停下來，這時才發現我們竟把小娜獨自留在那邊，而現在小娜的咒罵聲則是不斷傳了過來。

「妳們在這裡做什麼？」

這時突然有個聲音出現在我們後面，於是我和小川轉頭去看聲音的主人。他是一個年紀和我們差不多的男孩子，此時他正看著我們講話。

「呃，怎麼辦？」小川轉過頭來跟我講。

「算了！只是學生，並不是老師。」我小小聲地回答小川。

「呃，我們正在做一些活動啊！然後……」我編了個謊言。

「我聽到慘叫聲，是不是妳們在叫？」那個男孩繼續問了這個問題。

「喔！是我們遇到蟑螂啦！」

「那這個聲音呢？」當小娜慘叫的聲音又再度出現的時候，他又問了這個問題。

「是我們的朋友正在處理蟑螂啦！」

「有什麼需要我幫忙的地方嗎？」

拜託，那麼有紳士風度嗎？我回答：「不用了，我們可以自己處理！」

他看著我們的臉，不可置信地問：「真的嗎？」

「真的啦！」我邊說邊拉著小川的手，示意她一起趕快離開。

「我真的可以幫妳們！」

「呃，我們已經說了我們……」

「小珠！妳看！」小川拉拉我的袖子說。

她要我看那位男孩子的腳，於是我低頭去看，發現根本看不到什麼東西！其實看不到東西才是奇怪的事情，這時我才意識到那位男生竟然沒有腳！

這時我戰戰兢兢地抬頭看著他的臉問：「你……是鬼嗎？」

他笑嘻嘻地回答：「不好意思啦！我忘了告訴妳，其實我已經死了！」

過一下子，就有好幾個鬼魂出現在我們附近。這些鬼魂各有各的特色，不過唯一相同的地方，就是它們都穿著學校制服，看起來很像已經死掉的學生。咦？對了！不是很像，我忘記它們是真的死掉了。

「拜託……有那麼多嗎？」我小聲地說。

「一……二……三……四……八……十二……十五……二十……」小川一個個地算，不過她怎麼算也算不完，於是她接著說：「真沒想到！它們都是我們學校裡的鬼魂嗎？」

「喂！妳們兩個人！」小娜在我們後面大叫，但是突然她就閉嘴了，感覺是嚇了一跳。

「在妳們的後面，還有我們其他的朋友喔！」那位男孩子跟我們講完之後，就請那位原本就從三三四教室跟著我們來的朋友來和它們會合。

「到底發生了什麼事情？」

「這樣的話，妳們會讓我們幫忙了嗎？」

「幫……幫什麼忙啊？」我問。

「其實我們注意妳們很久了，我知道妳們已經遇到什麼事情，那一天我們也看到一位老師請師父來唸經，讓一個鬼魂可以安息。所以我們也想請妳們幫忙，當然我們也會幫妳們的。」

「等一下……你們……死掉是因為一百個鬼魂遊戲嗎？為什麼會有那麼多？」小娜說完之後，又重新算了一次。

這時那位男孩子臉色不太好地回答：「不是每一個人，不過也有一些啦！我會跟妳們講我們之前發生過什麼事，但是我們是真的需要妳們的協助！」

我聽完之後，就想到之前當我們玩一百個鬼魂遊戲的時候，在化妝室曾經遇到這群學生，它們很像是因為火災而被燒死的。當時它們請我幫忙，不過那個時候我並沒有幫忙它們。

「關於一百個鬼魂的遊戲，我們可以盡可能幫忙妳們；不過也請妳們幫忙我們，讓我們可以離開學校出去！」

「從這裡出去？你們無法離開學校嗎？為什麼？」小川納悶地問。

「因為有人看住我們！」其中一個女鬼魂說，它的聲音聽起來很冷漠，它接著說：「在學校門口的神，祂守護著那裡，不會讓鬼魂進來，也不會讓鬼魂出去。」

「咦！我們學校的門口也有神嗎？」小娜轉過頭來問我，其實我也沒有看過，所以只能搖搖頭當作答案。

「每一個地方一定都會有門神啦！妳們到底要不要幫我們呢？」那位男孩子問。

我轉頭去看小娜和小川，雖然目前並不完全了解它的意思，但是這應該就是要贏一百個鬼魂的遊戲的最佳機會了吧！想一想，有朋友是鬼，而它的朋友也是鬼，應該也滿不錯的，只要辦一個聚會，就可以見到好幾十個鬼魂了。

「好啊！我們就一起合作把一百個鬼魂的遊戲給處理掉，也順便送你們去安息！」我回答。

「呃……那有哪一位是因為一百個鬼魂遊戲才死掉的啊？」小川提出了這個疑問，不過那位男孩子只給了我們苦笑當作回答。我看來看去，越來越覺得那位男孩子相當面熟。

「我是比妳們大兩屆的學長。妳還記得嗎？之前有一個叫作小邦的人死掉，他就是我的同學。」

小川看起來像中了大獎似地，用手摀住嘴巴，露出了不可置信的表情。這時我突然想到有一位男學生從大樓上掉下來，身體被鐵柵欄刺穿而死的事情。

「但是……學長你是怎麼死的呢？」

「其實我本來也不太相信一百個鬼魂遊戲。直到有一天，我的朋友差猜死了，我也以為這只是一場意外，沒想到接下來我的朋友一個一個接連死去，最後只剩下我和小邦！一直到那個時候，我們才感覺到事情的嚴重性！」那位男孩子說。

「後來我和小邦討論之後，覺得一定要去找坤庫老師幫忙。就從那個時候開始我感到暈眩，看起來很像發燒，但其實不是，頭腦則是感覺一片空白。之前身體都很健康，所以我自己也納悶為什麼會這樣？於是我請小邦送我去學校的醫護室，在我到達醫護室之後，身體就越變越虛弱。最後不幸死在救護車上。」

「為什麼我們沒有聽說過這件事情呢？」小娜疑惑地說。

「當然啦！因為那一天只上半天課，所以大部分的高中學生已經回家了，只剩下一些國中生留在學校玩。我死掉的事情幾乎沒有人知道。」

這時小娜走過去端倪了一下學長，像是沒有看過鬼。

「小娜！妳在幹什麼啦？」我馬上把小娜拉了回來。

「就是……不相信啊！妳看！學長的身體並不像小露一樣，和別的鬼魂黏在一起。」小娜說。

「啊！！！」小川大叫，然後跑到我的背後躲了起來。我轉頭去看，就知道為什麼小川會這麼害怕，因為學長給我們看剛剛小娜感到疑惑的部分，這樣的場景，連我看了都想逃跑。

「其實很多鬼魂不想讓活人看到這樣的情況，因為就連鬼魂自己，也會感到害怕啊！」它說。

這時小娜跑過來我和小川這裡，什麼問題都不問了。其實會做出這樣令人討厭的事情，我想就只有一百個鬼魂的遊戲的主人了吧！

「小川！趕快拿紙！幫忙記下我們已經看到了幾個鬼魂！」我提醒小川。

於是小川馬上從裙子口袋裡拿出一張紙，但是這時有一枚五元錢幣剛好跟著那張紙被拿了出來！當它們一看到這枚錢幣的時候，四周的情況突然發生變化，在我們和那些鬼魂中間開始起風，原本安安靜靜站著的鬼魂，開始產生了騷動。

這時我馬上把這枚五元錢幣放進裙子口袋裡面，現場馬上恢復成先前的樣子。

「到底發生了什麼事啊？」小川看起來很遲鈍，似乎還不知道剛剛發生了什麼事情。

「沒事啦！」我假裝剛剛沒有發生任何事情，不過我知道那位學長現在正看著我。

於是小川馬上算到底有幾個鬼魂，然後記在紙上，同時我也開始跟其他鬼魂寒暄。

「為什麼我們學校會有那麼多人死掉呢？」

「我怎麼會知道？」小娜回答。

「我也沒有問妳啊！」

「很久以前，我們學校發生了火災，那時老師和學生加起來死了快五十個人。」其中一個鬼魂回答了我的問題。

「原來如此，難怪我們學校一直有奇怪的事情發生。」小娜說，然後試著解釋：「所以你們被關在學校裡面，沒有辦法離開是不是？」

「喔，到底這是什麼聚會啊？」有個女生的聲音說，聽起來相當冷靜。

我們轉頭去看陽台外面，就看到小露飄浮在那邊，看起來不像鬼魂，反而比較像天使。

「我只是來告訴妳們，管理員正在要走上來關這棟大樓的門了。如果妳們不馬上下去，就可能要從二樓跳下去了。」

「靠！幹嘛那麼早就關門啊！那我們趕快走吧！我可不想穿裙子跳下去。」小娜說。

「呃，好消息就是……妳們做得很好，妳們總共看到了三十七個鬼魂……包括先前所看到的。」

聽到小露的話，我們高興地大聲叫了出來，也剛好因為這樣，才讓原來在樓下要關門的管理員聽到，因而沒有馬上關門，而是等到我們下樓之後才關。不過無論如何，這是一個很好的開始，因為我們已經看到三十幾個鬼了！

死的人

我不知道我的夢跟這個世界有什麼關係，其實現在這個場景，我曾經夢見過一次，但是現在我真的站在這裡，確實感覺到這裡的空氣或是這裡的憂鬱氣息。

坤庫老師和阿偉走在我們前面，因為現在我們已經有信心不會讓那些學生警察，不！應該是鬼差給抓到了，所以我和穆拉跟著走在後面。其實我有好幾次想要開口和穆拉講話，但是不知道要怎麼開始才好。我真的很想感謝他，為了幫忙我願意冒那麼大的風險來到這裡，連他自己是否能回去原來的世界都還不得而知。

「這個世界真奇怪，要亮不亮，要黑不黑，感覺灰灰悶悶的。」穆拉說。

「已經死掉的人，還有什麼要求嗎？」

「我覺得這裡至少要有公園給鬼魂放鬆身心吧！」

我很想告訴他，鬼魂本來就沒有什麼輕鬆的感覺，也沒有能力去感受周圍的環境。但是我自己也很清楚，穆拉這樣說是想要讓我感到比較輕鬆，不過對我來講，這樣卻是會讓我更明白知道，自己已經是鬼魂，不是人了，也沒有辦法做之前想做的事情了。拜託！現在就算想要呼吸也沒有辦法了。

「我覺得如果有一天，這個世界有彩虹的話，應該也挺不錯的吧！」聽起來那個穆拉還在作夢。

「穆拉！我現在已經是鬼了，不是人！我已經沒有感覺了！我已經不能呼吸了！我已經什麼都不能做了！我只可以逃跑。至於你剛剛提到的公園，完全不會給像我們這樣的鬼魂任何希望，我現在很像一個死人正在等待另一個死亡的來臨。因此，就算天空真的亮了起來，也無法改變我現在的情況！」我忍不住對穆拉說。

我講話的聲音讓走在前面的老師和阿偉轉過頭來看我。

「對……對不起。」穆拉小小聲地說。

「因為你不像我這樣死掉，所以你沒有辦法了解！更何況你也不像我這樣，要等著鬼差來接我去地獄！」

如果沒有老師阻止我，我可能還會說出更嚴重的話，因為我這個時候真的很生氣，而且我所講的話，也不斷地提醒自己已經死亡的事實。現在我已經回不去了，就連回去找唯一的親人大阿姨、學校的朋友與同學，也辦不到了，更別提過去的那些美好時光。

「但是小潘，再怎麼樣，死人的世界也是會有光明的，要不然我們怎麼會看到其他東西呢？而且神會讓我們看到其他東西，是因為要我們去適應這個世界，直到我們再次面臨命運的安排為止。」老師用溫柔的聲音對著我說。

「妳想想，其實這個世界跟我們之前的世界也沒有什麼差別，只不過不用呼吸。這樣就不會浪費氧氣、跑也不會累、可以一直講話，也不用擔心生病的問題。」阿偉的補充說明，也讓我的情緒更為平穩。

「好啦！繼續走吧！」老師和阿偉回過頭去，繼續往前走，依舊留下我和穆拉走在他們後面。

「穆拉，對不起！你把我剛剛講的話都忘記吧！」我對穆拉說。

「不要這樣啦！其實是我應該跟小潘小姐說對不起，都是因為我話說得太快，一點也沒有先了解小潘小姐的感受。」穆拉馬上回答。

「算了吧！穆拉，你怎麼那麼會講好聽話呢？」我邊講邊輕輕地拍著他的肩膀。

「喂！你們兩個人怎麼看起來那麼甜蜜啊？」坤庫老師轉過頭來開我們玩笑，我也看到阿偉偷偷在笑，我想他們兩個人應該是真的好朋友吧！

「好啦！好啦！」穆拉馬上害羞地往前走。

「對了，穆拉你有手機是不是？」坤庫老師轉頭來問。

「是的，但其實那是小潘的。」

「先借我用一下吧！」

於是我把手機拿給老師，即使心裡還感覺疑惑。

「老師要做什麼呢？」其實老師用手機的舉動，對我來講是很特別的，因為之前他不太用手機的。

聽了我的問題，老師就回過頭來跟我說：

「我要發簡訊給某個人！」

故事8

泰國木琴的背後

在某一間報紙公司裡面，有位女記者正跟她的男同事（心理狀態其實是女生）談論著一件事情。

「姊姊妳想一想，如果我們真的拿到重要證據，這件事情一定會造成很大的轟動！」

「拜託，不要關心這件事情太多，這只算是小孩子的新聞，而且也已經沒有人想要跑這則新聞了。」她的好姊妹男同事邊說邊喝著咖啡，接著說：「現在的年輕人已經沒有人管鬼故事了，妳一定要跑比較特別的新聞，像是在哪裡有什麼奇怪的東西出現，或是有人跑去拜拜後中樂透之類，這樣才會吸引讀者的興趣！」

「姊姊！這樣的事情對泰國人來講，其實已經存在很久了，不是嗎？說到我現在手頭上的新聞，則是真的有人死亡，只是被學校掩蓋住。因此，關於這起那麼多小孩子死亡的事件，妳不覺得奇怪嗎？」

「拜託！我對妳真是沒辦法。妳要知道，並不是每一個妳感興趣的新聞，你都得去跑，更何況妳所說的這則新聞，我感覺起來滿危險的，如果在新聞背後有更嚴重的事情，像是有黑道或是更神祕的事件等等，那就糟糕了。」那個男同事姊姊說。

「妳真的不相信我嗎？我覺得所有事情都是因為那個遊戲的緣故！」

「不只是我，其他人也不會相信那個遊戲會殺人的！妳想一想，有那麼多學生死掉，但卻連一則新聞都沒有，而且警方也沒有表示什麼意見。因此，這如果不是謀殺，那妳覺得會是什麼狀況呢？另外，在這個事件背後，一定有藏鏡人的存在！」那個男同事姊姊一邊說，一邊優雅地喝著手上的咖啡。

說到這裡，這位女記者深深覺得，不應該再和這位負責社會事件的男同事姊姊繼續談論這件事情了。

活的人

第三天……

「還有……」

「嗯……」

「六十三！」

我的頭感到悶悶的。

「咦？不是四十三嗎？」

「小娜，妳的數學是不是被當掉啊？」

「小娜！真的是六十三，還有六十三個鬼魂！」小川確認。

「難怪一開始我感到比較輕鬆！原來是我弄錯了！」

「加油！」

我嘆了一口氣說：「嗯……沒辦法，只剩下這個方法了。」

「不用擔心啦！它們還有很多鬼朋友的，而且它們一定會帶它們來的！」

「假設一個鬼魂有三個朋友，就表示……」小娜嘗試著要計算。

「大概有九十個鬼魂吧！但是事情並沒那麼簡單，妳還記得那個學長鬼魂的話嗎？不是每一個鬼魂都想要幫我們的。」小川說，這時的她看起來很厲害。

關於昨天跟我們講話的那個鬼魂，它的名字叫作甘諾。對我來說，它看起來很眼熟，但是我記不得在哪裡見過。

「但我們不是只要看到鬼魂就可以了嗎？」

「呃……拜託！妳們可別太放鬆，要不然就等著來跟我住在一起了！」小露嘲諷地說。一提到小露，我就覺得奇怪，今天它怎麼能一整天陪著我們？我看了看它的身體，也沒有什麼異狀。

「小露！我問妳，還有其他鬼魂黏在妳的身體上嗎？」我問。

小露點頭回答：「拜託！如果它可以像痘痘那麼容易掉，那就太好了！不過我也已經習慣了啦！」

我注意看著小露的臉，它的表情並不像它所說的那麼輕鬆。我想是因為在我們這一群之中，小露的心理素質算是最強了，所以它才能夠掩飾住真正的感覺。

「喂！趕快過來！」

當我們聽到從學校餐廳另一邊傳出來的聲音，我們四個人都嚇了一跳。因為現在是高中生的午餐時間，有很多人在餐廳裡面吃飯，所以我們無法看到那個聲音的主人到底是誰，不過此時就看到原本正在吃飯的學生，紛紛放下手上的餐具，往五號大樓的餐廳跑了過去。

「啊！！！」

「是誰被熱水燙到？」小娜問其中一位正在圍觀的學生。但是那個學生完全沒有回答，只看到她驚恐地摀住嘴巴。

「借過一下！」我擠入人群之中，往前面走過去，就看到有一位女學生在地板上不斷地掙扎哀嚎，看起來像是被熱水潑到。

「我不知道啊！她突然就變成這樣了。」那個女學生的朋友告訴老師，老師也嘗試要進去幫她，不過每一次都被她用力亂踢。

「小珠！我覺得那個學生是被鬼附身了！」

「什麼？妳瘋了嗎？現在可是白天耶！怎麼會發生這樣的事情？」小娜說。

這時我馬上將手伸進口袋，找坤庫老師的護身符，然後跑到那女學生身邊，我記得她是三班的學生。接著我把護身符放在她的手上，然後緊緊地把它壓住，那個時候我也被她肘擊了一次。過沒一下子，她就慢慢安靜下來，此時老師馬上跑過去抱著她。

因為怕老師把那位女學生給帶走，所以我馬上把我的護身符抽了出來，此時那位女學生的朋友都是用很驚訝的眼神看著我。不過這個時候，我卻注意到手上的護身符開始慢慢地移動，然後掉落到地面上，似乎原本附身在女學生身上的鬼魂，現在已經跑到護身符裡面了。

這時護身符不斷地在地面上跳來跳去，我嘗試要去抓住它，看起來像是在抓青蛙，別人看到應該會覺得很好笑吧！

「小珠！妳在做什麼？」小露飄過來我身邊問我。

「這個袋子……它會自己動！」我一邊嘗試要抓住它，一邊對小露說。

現在原本站在這裡圍觀且對我的舉動感到好笑的學生，已經一個個慢慢離開了，只留下我和朋友還在努力想要抓到那個護身符。

「這個護身符好像真的有用，不是假的！」小川邊抓邊說。不一會兒，她就成功抓住那個護身符，只不過還在試著把它控制在手裡，讓它可以安靜一點。

「哇！超厲害的！這個護身符竟然可以收鬼魂！」小娜看起來很訝異地說。

「拜託！乖一點好不好！」我生氣地對護身符說。

咦？居然有效！現在護身符已經停下來，不再動來動去了。

「小珠！難道妳能夠控制它？」小娜問。

「我也不知道啊！」

「我覺得坤庫老師的護身符對那些不好的鬼魂是有作用的。」小露說。

「妳的意思是指妳是好的鬼魂嗎？」小娜開玩笑地說。

一旁的小川似乎對於這個護身符感到很好奇，想要打開它，看看裡面到底是裝了什麼東西。

「不要打開！如果妳打開，以後這個護身符就沒有用了！」我馬上對小川說。

聽見我的話，小川似乎嚇了一跳，馬上把護身符還給我，我把它放進口袋。這時我心想，雖然之前我們都覺得這個護身符沒有用，不過現在它卻是把它的作用真實地展現在我們面前了。

「學……學妹！」

我們紛紛抬起頭，就看到一個瘦瘦的女學生站在那裡，臉蛋也滿可愛的。

「咦？國中部的學生不是已經開始上課了嗎？」小娜小小聲地問我，因為在我們學校，國中和高中生的午餐時間是分開的，只有少數時間，才有碰面的機會。

「妳有什麼事嗎？」那個愛小孩的小川開始問。

「呃……學姊妳們可以把鬼趕走是不是？」

「什麼？」

「我的哥哥遇到了筆鬼，怎麼也趕不走它。」

「呃……妳……是……」我不知道該怎麼回答她。

「筆鬼嗎？在哪裡？我想看想看！」小娜很興奮地問。

「它在我哥哥那裡，他在別的學校。」她說。

「呃……」我依舊不知道該怎麼說。

「那妳把它拿來給我們看看吧！我們可是坤庫老師的學生，說不定我們可以幫得上忙喔！」小娜馬上說。

聽見小娜的話，那個學妹似乎感到很高興，表示一定會帶她的哥哥來找我們，然後就跑走了。

「拜託！我們可不是道士！」我沒好氣地說。

「這不是一個好機會嗎？我們一點都不用浪費力氣去找，鬼魂就自己跑過來給我們看了！」小露同意小娜的做法。

「小珠，她說得也沒錯，我們已經沒有那麼多選擇，有鬼可以看就先看吧！」小川說。

「妳們真是的，如果我們沒辦法幫學妹解決問題，那該怎麼辦？」我說。

這時大家都站了起來，異口同聲地說：「這件事就靠妳了啦！」

我現在真的很想哭，我的朋友就這麼可愛嗎？

「先不說那件事了，今天妳們的找鬼目標在哪裡呢？」

小娜奮力地舉起手，看起來像是要去作戰地說：「泰國傳統音樂教室！！」

對啦！我們必須先在那個又臭又髒的男生廁所等著，直到在泰國傳統音樂教室裡的學生都回家之後，才可以進去裡面。另外，由於小露表示還有事情要做，所以它也先消失離開了，只留下我們三個人繼續等著。

「妳覺得鬼會有什麼事情呢？」小娜看起來在諷刺小露。

「應該不會是去上廁所。」我說。

「說不定是去吃飯吧！」

「呃……鬼也會肚子餓嗎？」

「喂！我也遇過會肚子餓的鬼啊！」

「拜託！那隻鬼可能會吃掉妳的頭吧！」

「那不就是之前看到的背德鬼！[1]」

嗚……嗚……

聽到這個狗嚎叫的聲音，我們全都安靜下來。

「好啦！不要在這裡講關於鬼的事！」我對大家說。

「現在我們應該是在泰國傳統音樂教室後面，我想教室裡面的人應該都已經回去了吧！」小娜說，同時站起來往前走，於是我們往教室前面走過去。到了那邊之後，我們發現教室裡面相當黑，完全沒有人在裡面，表示大家應該都回去了。

「我們一定得小心點，可別讓老師發現了！」小娜笑嘻嘻地說，同時拿出一支鑰匙。

註釋

1 背德鬼是泰國傳統的鬼，嘴巴約略只有一個洞的大小，肚子很大。常常會肚子餓，卻無法進食。

「妳是從哪裡拿到鑰匙的啊？」小川問。

「祕密！」小娜一說完，就轉頭過去把教室的門打開。由於這間教室的門和窗戶都是玻璃材質，所以我們可以清楚地看到裡面。

門開了之後，我們三個人馬上進到教室，接著把門關上且鎖起來。這間教室裡充斥著木頭和灰塵的味道，像是已經一整年沒有打掃。這時我們彎著身軀，從地板上慢慢地往老師的桌子爬了過去。

「噢……難道我們不可以開燈嗎？」我問。

「妳瘋了嗎？如果被管理員發現，那該怎麼辦？更不用說被老師發現了！」

「等一下，有人來了！」小川突然對我們說，讓我們差點就停止呼吸了！這時我們聽到摩托車的聲音，從遠方朝我們這裡靠近，應該是老師沒錯！

「那是不是教泰國傳統音樂的老師的摩托車呢？」小娜問。

「誰知道啊！」

「我覺得應該是！」

「先躲起來好了！」

因此，我們三個就分頭找地方躲起來。我躲到泰國傳統鼓的後面，一邊小心避免把堆積在這裡的灰塵給吸進去。我專心注意聽著外面的動靜，發現老師正要開門走進來。

「拜託！為什麼不關冷氣呢？我已經講到下巴都快要掉了！」

這時我聽到老師用力地把電源開關給拉下來，冷氣的聲音就慢慢地越來越小聲。其實剛剛我們都沒有注意到教室的冷氣還開著，只是覺得教室裡比較涼，風的聲音比較大。

「真是的！」老師邊說邊大力把門關上。當我聽到鎖門的聲音之後，我才真正地鬆了一口氣。

摩托車聲離我們越來越遠，於是我慢慢地從傳統鼓後面站起來，讓自己可以好好地呼吸一下。

喀啦……喀啦……喀啦……

當我聽到這樣的聲音，就知道有人正在敲泰國響板。

「小娜！先不要玩好嗎？我們來這裡可是有事情要做的！」我大聲地對小娜說，不過那個響板的聲音還是一直出現，並沒有停止的跡象。

突然除了響板的聲音之外，我也聽到了泰國胡琴的聲音。

「小娜！」我叫完之後，慢慢地探頭往外看，就看到一位穿著高中制服的女學生，正坐在教室另一邊演奏泰國胡琴，相當沉醉在自己的世界之中。

我覺得我遇到自己想遇到的東西了！但現在我有點納悶，我的朋友們呢？

「小川！小娜！」我喊叫得很大聲，此時那位女學生站了起來，然後把頭髮撥到後面，慢慢地轉過頭來。

「哈哈！嚇一跳了嗎？」小娜大笑地說。

「咦？呃……就是……為什麼？」我嚇到連話都說不清楚。

「小珠！我們只是想要跟妳開開玩笑。」小川邊說邊慢慢地從收泰國樂器的櫃子走過來，此時她手上還拿著泰國響板。

「妳們是瘋了嗎？幹麻對我這樣？！」

這時她們兩個一直笑一直笑，直到聽到一個讓我們都起了雞皮疙瘩的聲音為止。

「……」

泰國木琴的聲音……這間教室裡只有一台泰國木琴，它被放在教室中間的位置。不過現在它竟然自己發出聲音，連琴槌都自己動了起來，可是並沒有人！

而且它演奏的音樂從一開始慢慢的，到後來越來越快，快到我們已經看不清楚琴槌的動作。因此，教室裡的情況，就從原本的安安靜靜，變得越來越熱鬧，連香和花的味道也都出現了。

小川緊握著我的手，此時我們三個人緊緊地靠在一起，從來沒那麼愛彼此。

這時有一個皮膚白白的，長髮女生，穿著泰國傳統的衣服，耳朵上則是插了朵花，在泰國木琴旁邊慢慢出現。她拿著琴槌，手腕略動地在琴面上輕巧敲打著，相當厲害，這才知道剛剛的音樂原來就是這位女生所演奏的。

我並沒有看到她的臉，只能夠看到側面。不過從她的頭髮看起來，相當整齊且富有光澤，一點都不像是普通鬼的髮質那麼糟糕，像是二十幾年不曾護髮。

「小珠……」小川叫我，其實我也不知道該怎麼辦。我們從來沒有遇過這樣的鬼，往往是想要殺我們的鬼或是面貌噁心的鬼，讓我們一看到就想要逃跑！更不用說，這次我們遇到的是一個超級漂亮的鬼，而且還彈奏音樂給我們聽。

鏗！

她突然停止演奏，然後把琴槌放在琴面上面。這時我們三個人幾乎要停止呼吸，四周也陷入了一片安靜。

「呃……呃……」小娜話幾乎說不出口。

這時她慢慢地把頭轉向我們這邊，但是……她的身體並沒有跟著轉，只將頭轉了過來！接著當我們一看到她的臉，我們就……

「啊！！！！！」

她的臉只有黑黑的骨頭，沒有眼睛，沒有嘴巴，也沒有鼻子！

小娜是第一個馬上衝到門口的人，嘗試要把教室門打開！我和小川原本已經要從窗戶逃跑，不過由於小娜搶先把門打開，所以我們三個人馬上從教室裡跑了出去，根本沒把門給鎖上。

「小娜！妳還沒有鎖門！」我邊跑邊對小娜說，但此時小娜已經快跑到校門口了。

「算了啦！！如果妳想鎖，就自己回去鎖吧！」小娜大聲回答我。

「小珠！管理員在那裡！」

這時我看到管理員正在泰國傳統舞蹈的教室旁，整理那個黃色垃圾桶。噢……又是跟泰國傳統事物有關的教室嗎？

這個時候，小娜先往管理員的方向跑過去，我和小川則是尾隨而去。心想頂多就是被罵，總比被泰國傳統音樂教室裡的鬼給殺了還好。

到了之後，我趕緊往小娜靠過去。

「管理員大哥！泰國傳統音樂教室裡有鬼啊！因為我們把東西遺忘在教室裡面，本來想回來拿，然後……」小娜馬上說，不過倒是撒了點小謊。

這時那位管理員慢慢從垃圾桶那裡，把頭抬了上來。

「啊！！！！！」

小川嚇到跌坐在地板上，全身幾乎都失去力氣；小娜則是已經跑掉了，只留下我，獨自看著那位沒有頭的管理員。

「鬼……鬼……鬼……」我嘗試先開口講話，不過不知道要跟這位管理員講什麼才好，因為看來看去，都沒有看到他的耳朵！

那位管理員慢慢地往我這邊移動，從他脖子的斷口，不斷地有血從中冒了出來，真是特別的待客之道！

「妳們要待在那裡畫鬼的素描嗎？！快點過來啦！」小娜大叫。

聽到小娜的喊叫，讓我的意識恢復過來，於是我趕在那位管理員把我們的頭扭下來裝在他身上之前，拉著跌坐在地上的小川逃跑！小川跟著我跑，不過她的身體看起來很無力，好幾次幾乎要癱軟下去，最後，我們三個人就跑到校門口。今天一點都沒想到會看到超乎我們預期的事情。不過事情還沒有結束，還有一個令我們嚇一跳的聲音也突然出現！

鈴鈴鈴……迸！呼哩！呼哩！呼哩！哈哈！呼啦！呼啦！呼啦！嘿嘿！

這是我手機的鈴聲，於是我把它從口袋裡拿出來看看。

您有一則訊息

來自　小潘

「什麼事情啊？」小娜看著我的手機問，好像已經忘記剛剛逃跑的事情。

「打開看看吧！」

我打開這則訊息，然後把它念了出來。

小珠

請回電話

「請……回……電話……」在我和小川都念過後，小娜又再次念了這則訊息的內容。

「是什麼意思啊？」

「我怎麼會知道啊！」

「這則訊息來自小潘的手機，我們應該試試看才對……」

「妳們在那裡做什麼！？」

「哎唷！」今天我們已經被驚嚇了好幾次，這次跟我們打招呼的人，終於是真正的老師，而不是剛剛那位可怕管理員。

對很多學生來講，坤庫老師的確是一位很特別的老師，主要是因為他的行為舉動都和一般的老師不太一樣。比如，他喜歡講比較奇怪的故事；他喜歡在球場旁邊批改作業等等，不過他倒是沒有被球砸到頭的經驗。

但是對我來說，坤庫老師看起來比較奇怪，是因為他具有比較特別的能力，不過他並不是降頭師，只是比普通人能看到更多的東西。另外，他的想法和其他人也不太一樣。至於他本身的特色，就是身材高高的、頭髮亂亂的，臉上卻總是帶著開心的微笑。

我從來沒有看過老師生氣的樣子，不過聽說像這樣的人，如果真的生氣，就會比普通人可怕。

當坤庫老師把手機還給我之後，我偷偷看老師到底是發訊息給誰。令我納悶的是，在鬼的世界裡，老師怎麼能夠發送簡訊？而且這裡會有訊號嗎？

「老師！請問一下，您到底發訊息給誰呢？」講話從來不經大腦的穆拉先開口問。

「這是大人的事情！如果她真的收到我的訊息，你們就知道了！」老師說，並沒有給比較明確的答案。

在我的手機裡面，最後發出去的訊息並沒有被儲存下來，我想應該是老師刪除了吧！拜託！老師雖然看起來沒有那麼時尚，沒想到也滿會用手機的。

「我們現在到底要去哪裡？」心裡最納悶的穆拉提出了這個問題。

「我們要去找可以過去的路！」坤庫老師依舊給了個不清楚的答案。

「這是什麼意思呢？我不太清楚！」穆拉再問。拜託！這個穆拉怎麼那麼多問題啊！

「你們知不知道鬼門呢？」老師問大家。

「不知道！」

「鬼門就是連接人的世界與鬼的世界的地方，如果有人陽壽未盡先死，是不會有鬼差帶它穿過鬼門到鬼的世界的。因此，它就只能在人的世界裡到處遊蕩，沒有辦法好好安息。我們現在就是在尋找那個門口，要從這裡回到人的世界去！」

「那為什麼一開始我就在這個世界呢？不像其他鬼魂還在人世間四處遊蕩？」

「應該有什麼特別的事件，才會讓妳死後馬上到鬼門。其實像在丁字路口的路沖就是一種鬼門存在的地方，另外，如果某個東西已經曾和鬼的世界聯絡過，它也能夠當作鬼門的一種形式！」坤庫老師回答。

「我知道了！就像這一支手機是不是？當我收著這支手機時，小潘的朋友雅麗，就一直打電話到這支手機，雖然它已經死了。」聽了老師的話，穆拉馬上表達了他的想法。

「那也算是！」

「或是錢幣……」阿偉說。

「嗯！用來玩遊戲的錢幣也算是！因為在人世間的鬼魂想要去鬼的世界安息，而在鬼世界的鬼魂則是為了要逃跑或是找人，也想要跑到人世，所以它們必須嘗試尋找鬼門，錢幣就是其中一個選項！」老師笑嘻嘻地說。

「但是如果要在鬼門來回進出，其實是一件很危險的事情。因為有時候過去之後，找不到回去的門，或是遇到鬼差等等，都算是比較麻煩的情況！」阿偉補充說明。

「所以老師的意思，是要我們回去人世嗎？」

「對啦！」

「但這不是很危險的事情嗎？」

阿偉頓了一下，轉過頭來看著我們，神情不太滿意地說：「想一想，跟現在的情況比起來，哪一個比較危險？」

「我們正要去摧毀一百個鬼魂的遊戲。」我小小聲地對穆拉說，不過他的表情看起來仍然很困惑，似乎還是不太懂。

「摧毀是什麼意思呢？」

「好啦！不用問了，跟著老師去就好了。因為這是唯一的方法，可以不讓我們陷入一百個鬼魂遊戲的連鎖之中！」

「為什麼呢？」

「拜託！你怎麼有那麼多問題？安安靜靜跟著我們走就好了！」我對穆拉說，開始感到有點不太滿意。

「好的！好的！」

這時坤庫老師笑嘻嘻地說：「現在的年代，已經是女生做主的世界囉！」

故事 9

答案

娜帕的媽媽之前是一位很漂亮的女生，眼睛大大的，鼻子高高的，皮膚也白白的，看起來就像下凡的天使。有很多男生對她很有好感，想要追求她，最後她選了一個她愛的男生做為終生伴侶。不過當她生完第二胎沒多久，老公就因為癌症過世。

現在娜帕的媽媽已經改變很多，不像之前那麼漂亮，取而代之的是滿臉的皺紋與帶著驚恐的眼神。關於她的孩子，老大叫作希麗察，由於臉長得比較像媽媽，所以在家裡算是最漂亮的小孩了，不過奇怪的是，她的媽媽從來不喜歡她，兩人之間似乎有著無形的隔閡。希麗察還小的時候，她還沒有什麼感覺，不過當她越來越大，她對媽媽就越來越不尊重，連她自己也不知道是什麼原因。

有一天，不曉得是什麼原因，希麗察被發現死在自己的房間裡。由於家裡的經濟狀況不太好，所以她的葬禮草草了事，就連她的屍體，也是選在離廟不遠的一間學校裡，隨隨便便地埋葬了。至於希麗察的靈魂之所以會回去家裡，主要是因為她很愛妹妹；此外，也是因為生氣她的媽媽，這是從上一世延續到今世的恩怨。

希麗察死了之後，她的前世記憶彷彿被喚醒了，從來沒有感覺到那麼生氣，心裡的陰影就是來自於媽媽無情的遺棄。

現在媽媽坐在客廳的椅子上，眼神渙散地四處亂看。她的情況時好時壞，壞的時候看起來就像個神經病，甚至還會哭出來。

但可以看得出來，無論是大事或小事，媽媽的痛苦總是比小孩的要來得深刻許多。

活的人

第四天……

星期三下課之後，我、小娜和小川一起往念泰文的教室走過去，因為我記得在第一個學期結束前，某一天我正在考試的時候，有個躲在教室櫃子裡的男孩子鬼魂開口請我幫忙，所以我們把這間教室做為今天的目標。

「是這個櫃子嗎？」小川問，看起來她不太敢靠近這個櫃子；不過小娜並不害怕，或許是因為已經習慣小露了吧！所以她現在似乎不太害怕鬼了。接著小娜就慢慢地把這個櫃子的門打開，於是門被打開的聲音就清楚地出現在我們耳朵裡了。

「噢……」

我往櫃子裡面看去，發現裡面除了用過的紙與學生的作業本，並沒有其他東西。

「可惜啊！說不定它已經搬到其他櫃子了吧！」小娜邊說邊把櫃子門給關上。

「小娜！這一點都不好玩！說不定現在那個小孩不想讓我們看到它！」小川說。

於是我們一起離開這間教室，在我們走下樓的時候，就遇到那個想請我們幫忙處理筆鬼的小女孩，她看到我們之後，馬上拉我的手，要我跟她一起到下面去。

在下面的木椅那邊，有兩個男孩子正在那裡等著。他們兩個人都比我高，其中一個人看起來比較客氣；但是另外一個人……我不曉得該怎麼說明才好，因為他的髮尾染成金色，不過髮根的部分卻是黑色的，感覺已經染很久了。此外，他一邊的耳朵戴著金色耳環，胸前則是戴著很大的佛牌項鍊。

「喂！是這些人嗎？妹妹說可以把鬼趕走的人！」其中一位男孩子問。

「對啊！是我自己親眼所見。」小女孩說。

於是那個金髮男生把一支筆丟在桌上，然後說：「喂！要做什麼就趕快做吧！」

這時我很不滿意，這些男生怎麼會對女生那麼不尊重呢？

我看著桌上的筆，感覺看起來沒有什麼問題，於是我接著說：「看起來沒有什麼問題，會不會是你想太多了！」

那個金髮男生似乎不太滿意我的回答，看起來像是我搞不清楚狀況。他把一張別間學校筆記本的紙放在桌上，拿起那枝筆，在紙上寫字。

他的字寫得又快又好，和他的個性不一樣。不過當我再仔細一看，就發現這些字並不是他自己寫的，就連他抬頭看著我的時候，他的手還是可以繼續往下寫，而且速度沒有減緩，整齊的字跡也保持在格子之中。

「妳看！這枝筆會自己寫字，就像是裡面有鬼魂的存在！它還一直不斷地跟著他。」另一位比較客氣的男生說。

他……就是那位金髮男生嗎？

當那位金髮男生一把筆放下，我就馬上把它拿起來，想要看看它是否會自己書寫，不過它卻一點反應都沒有，沒有寫出任何一個字。於是我試著在那張紙上寫字，但是它仍然一動也不動，不讓我在上面寫字。

「噢！我們都沒有見識過存在東西裡面的鬼魂啊！」小川說，聲音聽起來帶有羨慕的意味。

「妳們遇過真正的鬼魂嗎？」那位金髮男生輕挑地問。他看起來不太相信我們曾經遇過真正的鬼魂，我想或許上輩子我們和他是敵人吧！

「對啊！我們玩過……」

「呃！對啊，我們玩過鬼錢幣的遊戲，而且也真的遇到鬼！」我突然插進這句話，搶先在小娜說出一百個鬼魂的遊戲之前。其實我也不知道她接下去要講什麼，不過為了避免再讓其他人知道一百個鬼魂的遊戲，這應該會是比較好的選擇。

接著我從口袋裡把坤庫老師的護身符拿出來，放到那枝筆上面，卻發現根本一點反應都沒有。

「咦？」

「妳到底在做什麼？」那位金髮男生問，似乎很高興看到我丟臉的樣子。

「好奇怪！」小川邊說邊把那枝筆拿起來，然後她就突然把筆丟了下去！

「怎麼了？」小娜馬上問。

「小珠！那枝筆超級燙，剛剛妳怎麼有辦法拿啊？」小川問。

「筆哪裡會燙！」那位金髮男生一邊說，一邊把筆拿起來，然後說：「妳看！」

「所以現在你們沒有辦法處理這件事情是不是？那我們就先回學校了。」另外一個男生說。

「對啊！走吧！我早就告訴過你了，我自己處理就可以了。關於鬼的事情，我的顧問可多呢！」那位金髮男生邊說邊站起來，然後把筆收進口袋。

這時小娜很生氣地說：「你！你的意思是說我們沒有用是不是？」

「我什麼都沒說啊！不過妳們應該知道，雖然妳們騙得了別人，但是騙不了我們！因為無論怎麼看，妳們都不像是可以處理鬼事情的人！」那位金髮男生說，像是看不起我們。

「我們本來就不是抓鬼的人！我們只是普通的學生，只不過剛好有特別的東西可以拿來幫忙！」

他看著我手上的護身符，輕蔑地說：「只是那樣的東西嗎？」

我快要受不了了，於是馬上回答：「喂！這個護身符是坤庫老師用過的，如果你是我們學校的學生，你就會知道坤庫老師多麼厲害！」

「坤庫嗎？我好像曾在那裡聽過呢？」那位金髮男生說，神情已經有所改變。

「實在太令人生氣了！小珠！我們走吧！要不然等一下我就會和別的學校學生吵架或打架了。」小娜說，同時也拉著我轉身離開。

「他是別校的學生嗎？」小川問，好像她之前並沒有注意到。

「妳沒有注意到嗎？看他們制服上的學校名稱就知道了。」

「太糟糕了！這些人根本不知道我們曾經遇過哪些事情，本來今天想要好好幫他們的！」我小聲地說。

「對於那樣的人，再怎麼幫忙也沒有用啦！」

「喂！妳們啊！等我一下！」後面突然傳來這句話。

我轉過頭去問：「還有什麼事情啊？」

「妳們認識一位降頭師的兒子，他的名字叫作坤庫嗎？」

「什麼？降……什麼降頭師呢？」我納悶地問。

「坤庫的爸爸是降頭師啊！妳們不認識他嗎？對於黑魔法的領域來講，他可是很有名的一號人物！聽說他們的祖先都是來自於柬埔寨的降頭師，特別是他，神出鬼沒，喜歡突然出現，又突然消失，看起來就像是鬼魅似地。」

提到坤庫老師的爸爸，那位金髮男生的神情和先前完全不一樣。對我來說，坤庫老師的爸爸的確很奇怪，時而出現，時而消失，讓我都快要心臟病發作了！

「聽說坤庫老師已經死了，這是真的嗎？」

「當然啊！這樣的事情，應該沒有人想要開玩笑吧！」小娜直接回答。

「那關於一百個鬼魂的遊戲都是真的，是不是？」

「為什麼你會知道這個遊戲？你到底是誰？怎麼會知道那麼多？」我納悶地說。

「這些都不重要，不過妳們知道怎麼樣才會贏這個遊戲嗎？」

「不知道啊！不過我們曾經贏過一次，而且是坤庫老師幫我們的。」我告訴他。

「我就給妳們一個建議！曾經有人告訴我，如果想要摧毀一百個鬼魂遊戲，一定要從創造者先前所賦予這個遊戲的經文與遊戲的規則下手。」

「呃……不懂……你的意思是……」我很困惑地問。

「我的意思是，像是這個遊戲規定要看到一百個鬼魂才行，為了摧毀它，所以我們就必須做相反的事情，也就是要故意不要看到一百個鬼魂！」

「什麼？」

「這個方法很簡單，只需要讓至少一個鬼魂回去鬼的世界，一百個鬼魂的遊戲的規則就沒有作用了，遊戲就再也不是遊戲了！」

我、小川和小娜看著彼此，依舊還是感到疑惑。

「到底是誰跟你說這件事情呢？」

他回答：「我學校裡的狗！」

死的人

天空突然變黑。

我們四個人，包括我、穆拉、坤庫老師和阿偉，彼此的身體靠得緊緊的，因為不曉得誰會不小心被地獄火給燒到，然後吸到地獄裡去，就像之前看過那位老女人的下場一樣。

另外，穆拉似乎對於目前的狀況還不太了解，感到有點疑惑。現在天空已經從灰色變成一整片黑暗，讓我們幾乎看不到周圍的事物，所以坤庫老師和穆拉一人一邊地牽著我的手，我想老師可能是怕我不見，不過穆拉應該是怕自己不見吧！

「現在感覺像是『沉默之丘』電影裡的場景。」

就連比較嚴肅的現在，穆拉還是講一些奇怪的東西。

我覺得附近已經沒有其他鬼魂了，不過為什麼這裡的天空突然變黑呢？難道是要把這裡所有的鬼魂都吸到地獄裡去嗎？

「老師，這裡還有其他鬼魂嗎？」

「有啊！在這個世界裡有，在人的世界裡也有！」老師一派輕鬆地回答。

「這是什麼意思啊？」穆拉又發問了。

「現在的情況是地獄要來接那些陽壽已盡的鬼魂，跟我們沒有關係，因為我們這裡都是陽壽未盡就死亡的鬼魂。」老師說。

「老師怎麼會知道呢？」

「拜託……因為我們都還很年輕啊！」

「坤庫你一定接受你是我們之中最老的事實！」阿偉冷不防說出這句話，讓坤庫老師不敢再說什麼了。

現在我感到臉和身體熱熱的，真的很害怕就是我會被吸到地獄裡去，也很害怕要償還我曾經做過的壞事了。因此，我用力地握著老師的手往前走。

過一會兒，在我們前面五公尺的一棵大樹後面，突然有橘色火光從地面上冒出來，地面也不斷地搖動，讓穆拉嚇了一大跳。因此，現在我們都有像是站在幾乎要爆發的火山上面的感覺。

「那……那是什麼呢？」穆拉發抖著問。

「那是地獄火！」阿偉輕鬆地回答，我覺得它和坤庫老師對於這樣的情況，已經很習慣了，因為它們看起來一副平靜的樣子，都沒有驚嚇的感覺。

「這個火專門吸一些鬼魂，另一些鬼魂則會有鬼差來帶走它們。像我們這樣的鬼魂，倘若時間到了，地獄就會直接吸我們下去。」坤庫老師對我們說。

「這樣會很痛嗎？」

「真是奇怪的問題，當你自己被吸的時候，你就會知道了！」我說。

橘色火光一消失，天空也就馬上亮了起來。我們都不知道像這樣的情況，什麼時候會再發生？也不知道會再發生幾次？只希望下一次不會發生在我身上。

「那……曾經有人從這些火光中全身而退嗎？比如……在被吸下去之前，就先逃跑！」穆拉還是喜歡問奇怪的問題。

「嗯……我覺得應該有，因為爸爸曾經告訴過我。」

坤庫老師從來沒有提過他的爸爸。

「但有些鬼魂逃跑之後，它們不回來鬼的世界，這時就會有鬼差把它們給抓回來。另外，有些鬼魂甚至是逃跑去投胎，不過無論如何，當他們重新出生之後，也一定要替上輩子所做的壞事負責到底……」

一整條路上都是兩層樓的木造舊房子，看起來裡面都沒有人居住。其中有一間位於二樓的出租房間，裡面有兩個風塵女子正在交談。

「不管如何我都不會留下這個小孩！我一定要拿掉，因為我必須工作！」

「不要這樣啊！這對小孩太殘忍了。妳再想想，現在在妳肚子裡面的，可是一個生命，如果妳把他拿掉，就等於殺了一個人啊！」

「我要拿掉！我要拿掉！」那個女子邊說邊打著肚子，連她的朋友都沒有辦法阻止。到最後，就有黑色的液體流了下來。

「丹！妳的小孩要出來了！」

「我要拿掉！我要拿掉！」

「妳快點到醫院去吧！」

「我不去，就讓我死掉吧！」

那晚，就有一聲慘叫伴隨著一個新生命來到了這個世界！

那個小孩的身體是有缺陷的，而且她的媽媽也不愛她。

後來那位名叫丹的風塵女子，就和其中一位客人簽字結婚，那個時候，丹的女兒才三歲。過了不久，丹和她的老公的新女兒就出生了，不過由於丹一直不斷地對大女兒又打又罵，所以她對於媽媽和妹妹充滿了恨意。

她的妹妹名字叫作阿儂。她是個很幸運的小孩，長得像媽媽，也遺傳到爸爸的白皮膚，跟丹的大女兒一點都不像。關於丹的大女兒，她沒有名字，一邊的眼睛沒有黑眼珠；另外，她的皮膚黑黑的，肩膀歪歪的。無論是誰看到她，都會因為她的外表感到害怕。不過還好丹的老公還願意讓她住在同一間房子裡，可是由於她對於這個世界的怨恨，所以她完全不懂得感恩。

有一天晚上，這個女孩偷偷跑進妹妹的房間，看到妹妹正睡在一張好可愛的床鋪上，身上則是蓋著花色棉被。

這時她就慢慢地靠近，用雙手掐住她妹妹的脖子，想要殺死她！

「天啊！！！」

她的媽媽突然跑進來，叫得很大聲，這讓她嚇到趕緊鬆開掐住妹妹脖子的雙手，不過也導致妹妹摔落到地板上面。

「死小孩！爛小孩！妳想對我女兒做什麼？！」

那個曾經當過妓女的女人在房裡大聲吼叫，同時一隻手用力抓住大女兒的手臂，另一隻手則是用盡全力往她臉上打過去。儘管那個女孩已經跌坐在地板上，不過她仍然用腳踢她，甚至把她的頭抓去撞地板，聲音大到連女人的老公都跑過來看，看到之後也被眼前失控的狀況嚇了一大跳。

「丹！不要對小孩這樣！她只是想跟妹妹玩。妳先過來看看我們的孩子吧！」他馬上阻止那個女人，同時對她說。

「她要殺我們的孩子！！」

「她太小了，不會有那麼可怕的想法！妳先過來看看我們的阿儂吧！」

當那個女人正要轉過頭去看阿儂時，那個女孩突然抱住她的腳。女孩的臉上都是血，但是媽媽似乎一點都沒有憐惜她的感覺。

「妳給我出去！！」

女人叫那個女孩出去，這時她搖搖頭，不過此時從眼神中，可以感受到對於媽媽的疑惑與憤怒！

「一定會有一天……一定會有一天……」

說完這句話，這個連名字都沒有的小女孩，就這樣死去了。不過她死前的最後一句話是有意義的，因為她的鬼魂哪裡都不去，只想找辦法來報復媽媽，無論是在這個世界……或是其他世界！

「然後她一直留在人世間，不去鬼的世界嗎？」老師說完了之後，我問了他這個問題。

「差不多是那樣啦！」

「老師認識她嗎？」

老師笑了笑，說：「她的上輩子和這輩子一點都不一樣。我的爸爸曾經見過她們的家庭，看了她們上輩子的情況，發現她和她的媽媽在上輩子有很大的問題，就像是我剛剛所講的。這輩子她們兩個依舊是母女，不過由於這輩子她的媽媽沒有想要拿掉她，所以她就漂亮了許多。」

「那樣就好了。」

「但是事情並非那樣，她和媽媽的關係很不好，跟上輩子一樣，她依舊有一個妹妹。」

「就是她上輩子的那個妹妹嗎？」穆拉問。

「不是，她上輩子的妹妹過了比較久才死，所以這輩子出生到別的家庭。」

「老師，到底這輩子誰是誰啊？可以講清楚一點嗎？」我請老師告訴我們。

「我給你們一個暗示，上輩子的妹妹，在這輩子是一位你們很熟的人；而上一輩子的姊姊，這輩子你們可能不認識，不過應該有聽過才是！」

「老師！我還是很疑惑，到底那位我們認識的人是誰呢？在上輩子她幾乎要被她的姊姊給殺死了！」我問。

「我記得似乎聽過有人講她上輩子的事情……還是……那一個人就是小珠學姊？」穆拉突然冒出這句話。

「真的嗎！？」

老師沒有什麼反應。

「老師！」

現在坤庫老師唯一的答案就是沉默。

故事10

一百具屍體的墳墓

因為想要當一位很好的記者，所以一定要用盡所有手段去挖掘好新聞，也因此這位女記者有時不知道自己已經身陷危險。這一天，她偷偷跟蹤兩位女學生，跟著她們一起走到學校前面的公車站，準備搭公車去另外一位朋友的家裡。而在過程之中，她也偷聽到那兩位女學生的對話。

「如果不包括那個鬼魂聚會，我們只能夠看到四十三個鬼魂。」

「不過妳看！只要我們用心一點，其實這個結果也是挺不錯的！」

「嗯……我算算看所有的鬼魂就是……九十七個鬼魂！」

那位女記者不知道兩個女學生提到的是什麼事，不過她猜想一定和一百個鬼魂的遊戲有關係，所以當那兩個女學生下車的時候，她也尾隨她們下車。現在那位女記者正站在一棟四層樓建築前面，心中只有一個念頭，就是要如何才能夠採訪那些女學生，而且不讓她們拒絕！

「我覺得這一次我一定可以採訪到一則大新聞！」她對自己說。

雖然她對於要得到這則新聞相當有信心，不過她完全沒想到這可能將會讓她走上死亡的道路！

活的人

第二十一天……時間過得很快。

「噢！超級累啊！」我靠在公車的椅背上抱怨。這時我們正要搭公車去小娜的家。她家是一棟四層樓高的建築物，而且是在大馬路旁邊。她家隔壁是一棟廢棄大樓，小娜證明那裡一定有鬼魂的存在。

「我們現在已經看到幾個鬼魂了呢？」當公車停紅燈的時候，我轉頭問小川。

「如果不包括那個鬼魂聚會，我們只看到四十三個鬼魂。」

「不過妳看！只要我們用心一點，其實這個結果也是挺不錯的！」

「嗯……我算算看所有的鬼魂就是……九十七個鬼魂！」

「耶！！！」我叫得很大聲，大聲到所有的乘客都轉頭來看著我，以為我發瘋了。

「只剩下三個！只剩下三個！沒想到這三個禮拜以來，我們什麼都沒有做，除了找鬼，還是找鬼！」小川很高興地說。

「小川！妳沒有算錯是不是？」

「我也不知道啊！不過當那位鬼學長帶朋友來參加聚會的時候，我很認真算了，幸虧還有小露幫忙算！」小川邊說邊用筆敲敲自己的腦袋。

「呃！今天還沒有看到小露。」

「對啊！」

「不管了，我覺得今天晚上我們一定會成功，再過不久，我們就可以用這枚錢幣把這個遊戲給結束掉了！」我邊說邊把那枚錢幣拿出來，剛好今天就是我負責保管的日子。

到了小娜家，我們直接往她的房間走過去。小娜家裡面灰灰暗暗的，而且從前門到最後的距離很長，導致光線無法照到後面去，小娜的房間就是在長廊的最後。另外，在小娜家二樓側面的窗戶，則是可以看到旁邊的小街道。

提到小娜，她的外表看起來似乎很堅強，不過如果真的很了解她，就會知道她其實是個十足的小女生，她的房間裡面，牆壁上都是明星和卡通的海報。總而言之，她真是個很特別的女生。

現在我們三個人在她的床上聊天。

「隔壁的房子已經很久沒有人住了。」小娜說。

「聽說那間房子之前的主人，晚上都睡不著，覺得好像有人總是看著他。」

「噢！聽起來真的很像是間鬼屋耶！」我興奮地說。

「我們家四樓的陽台是和隔壁連在一起的，中間只有一道低牆隔起來，所以我之前也曾經跑過去看看。只可惜沒有辦法進房子裡面，要不然一定很好玩。」

「妳在那裡遇過鬼嗎？」

小娜點點頭說：「有啊……有一次我跑過去隔壁陽台，從窗戶往裡面看，就看到一間用玻璃圍起來的房間，那時我嘗試要進去，不過到最後是沒有辦法進去，於是我轉身要回來，沒想到就看到一個女生站在上一層陽台上面！」

傍晚時分，小娜帶我們上去四樓的陽台，想要證明這裡的確有鬼的存在！這時我們身上只帶了一支手電筒，就慢慢地爬過去隔壁的陽台。那裡的陽台比普通房子的還要大，還有小樓梯可以爬到上一層的陽台，於是我們慢慢地從小樓梯爬上去，到上一層的陽台。上去之後，我們就看到一間小房間在我們前方，它有著木門與好幾扇窗戶；另外，在我們與房間之間的地板上，則是有一處凹陷下去，上面用鐵網覆蓋著，看起來像是普提葉的形狀，鐵網下方還有許多花朵盆栽。奇怪的是，這裡雖然已經很久沒有人住，但是這花朵盆栽仍是相當漂亮，像是有人悉心照料。

這時我們決定先回到下面的陽台討論，到了那裡之後，小娜就指著上面的陽台對我們說：「我上一次就是看到穿著黑色衣服的女生站在那裡！」

「看到之後，妳做了什麼？」

「拜託！我當然馬上就逃跑了，當時只有我一個人耶！不過小珠，我們今天不會逃跑是不是？因為我們除了錢幣之外，還有勇氣！」小娜越說越驕傲。

我和小川對小娜的話並沒有什麼回應，而是一直注意著房子的情況。這時我們發現有一扇窗戶是打開的，不過這扇窗戶離房門有點遠，外面還有鐵窗保護著。

「妳看！似乎沒有可以下樓的樓梯，裡面看起來是空空的房間。」小川說。

「啊！只有這樣嗎？」我轉頭去問小娜。

「要不然呢？」

「現在我們只剩下三個鬼魂要看！」

「噢！我想起來了，這裡還有小孩的鬼魂，如果想要見到它，就必須準備玩具。」小娜並沒有繼續往下說，在她說完之後，她就慢慢爬過圍牆回到她家陽台，這時小川也跟著她回去，只留下我一個人還留在這裡。

「小珠！先回來吧！小娜說要帶我們去看好玩的東西。」小川叫我趕快跟著她走。

「好啊！」我說完，就打算跟著她們回去。不過這時似乎有人在上一層陽台叫著我的名字，就是小娜曾經看過一位黑衣女子的地方。

於是我抬頭往上看，不過也沒有看到誰站在那裡。但是此時我心裡仍然有怕怕的感覺，心想要是真的看到，那該怎麼辦才好？

「啊！！」

當我聽到小川大叫的聲音，我就馬上轉頭去看，以為她遇到了什麼事情。

「幫我一下，我沒有辦法爬回去！」小川大叫，這時我看到她跨坐在圍牆上面，動作不太美觀。

這時我和小娜趕緊跑過去幫小川，讓她可以順利地越過那道圍牆。但是當我準備過去的時候，就發現我的雙腳竟然沒有辦法移動！

「怎麼了？」

「咦？」我看著自己的腳，這時全身馬上起了雞皮疙瘩，因為我看到兩隻小小的手正抓住我的小腿！它是一個小孩，臉和身體就和普通孩子沒什麼兩樣，不過它的眼睛竟然沒有黑眼珠，只有一整片的眼白，就像是有人把白色玻璃放進去。另外，它只有頭上方的髮髻，四周則是光光的，沒有頭髮。當我一看到它，我就可以猜到它應該就是古曼童[1]！

「一起來玩吧……」

我笑了笑，轉頭去對小娜說：「小娜！妳剛剛所說的小孩鬼魂，它是穿什麼顏色的褲

註釋

1古曼童是泰國流傳的一種小孩鬼魂，我們所謂養小鬼，這個鬼的名字就叫作古曼童，通常是養來為供奉者做事情。

子呢？」

「紅色，怎麼了嗎？」

「喔！我覺得我已經看到它了！」

死的人

現在我們走到一座大山前面，前方有一條大隧道，裡面有兩條路，看起來是分為上面與下面兩條。這個場景我似乎曾經看到過，記憶中有很多穿著白色衣服的鬼魂在裡面走著。它們走在下面的路上，那條路則是往隧道裡延伸，直到消失在黑暗之中。

這條隧道很黑，感覺無論什麼光線都無法照射進去，就連隧道口也是一整片的漆黑。另外，還有很大的風從隧道裡往外吹，像是不想讓人進去似的。這時我們四個人手牽著手，嘗試要往隧道裡面走。

當我們一走進去，就聽到很多慘叫，很像是凌虐所發出來的淒厲聲。此外，剛剛提到的大風，這時正從我們身旁吹過，強到像是要切掉我們身上的肉。現在我什麼都看不到，唯一讓我感到比較安心的，就是穆拉和坤庫老師的溫暖手心。

我嘗試要開口講話，不過卻是什麼都講不出口，所以我只能閉上眼睛，跟著坤庫老師的腳步前進。我覺得我的腳有踏在地面上的感覺，不過我不知道這到底是什麼樣的地面，是沙地、水泥地或是根本沒有地面？我也不知道！如果是空空的沒有地面，要是我不小心掉了下去，那該怎麼辦才好呢？

這實在是一趟令人感到痛苦的長途旅程，我完全不知道自己到底走了多遠，是幾公尺？幾公里？或是我根本就沒有走？當我還在想的時候，坤庫老師突然停了下來，也讓原本出神的我回過神來，和穆拉一起停下腳步。過一會兒，老師突然往下掉，我們也跟著往下掉，就像是被吸下去，此時感覺身體是陷在棉花裡面。

當我們再次睜開眼睛，就發現正站在一座不知名的森林裡面。此時，在我旁邊的是坤庫老師，在我後面的則是穆拉，至於阿偉則是在離我遠一點的地方。我們先環顧四周，看看附近，就坐下來休息。

「噢！我發誓我再也不要走進那條隧道了，感覺難過死了！」穆拉一直不斷地抱怨。

「這一定會是一條很難走的路，因為沒幾條路可以讓鬼魂逃跑到人世間。如果哪個鬼魂沒有辦法找到去人世間的路，就一定會迷失在黑暗之中，前進也不行，後退也不行，就連想死也不行！最後只能在裡面不斷地發出淒厲的慘叫聲。」坤庫老師試著說明給大家聽。

「這就好像神要跟我們講，如果沒那麼厲害，千萬不要嘗試回去人世間！」

「那這裡到底是哪裡呢？」我問老師。

「一百具屍體的墓地！同時也是一百個鬼魂遊戲的發源地！」阿偉說。

聽了阿偉的話，我心驚膽顫地看著這個地方，不過這裡一點都看不出來有墳墓的感覺。這時我們站在一條狹隘的道路上面，兩邊則是有低低的矮樹叢，而在樹叢外面，則是有兩條深深的運河，不過現在裡面已經呈乾涸的狀態，堆積著一些從樹叢掉下來的落葉。

「往前走一下子就會知道了！」坤庫老師邊說邊站起來，做了做伸展動作，就開始動身往前走。

我跟著老師和阿偉的腳步前進，不過仍然轉頭去看一個我覺得很納悶的地方。

它看起來很像家裡的神龕，但是只有下面的柱子還存在，柱子上方已經被樹叢遮蓋住了。那根柱子看來看去比我還要高，感覺是有人把黑色的顏料潑在上面。最後，關於神龕上面的部分，現在則是傾倒在地面上，甚至有一部分已經插進地面之中，不過上面也有一些黑色顏料。

不過無論如何，現在的陽光、空氣和花草的顏色，都是我思念已久想要看到或是感受到的現象，我也不知道自己已經離開這樣的世界多久了？

現在我們已經走到一個空曠的地方，而在這裡的中間，則是有一座突起的小山丘，上面長著很多小草。另外在這裡周圍，則是豎立著很多大約只到我膝蓋高的木棍，彼此用塑膠繩串連起來，把這個地方包圍住。這時我看到坤庫老師一隻手扠腰，眼睛注視著裡面的小山丘。

「好啦！我們到了！」

「我們來這裡幹嘛呢？」穆拉不太了解地問。

「我們是要來摧毀一百個鬼魂遊戲的發源地。」坤庫老師說完後就看著地板，然後問：「你們知道在地面下有什麼嗎？」

我跟著老師往下看，然後用手摸摸地面，上面乾的，不過感覺到地面下深深的地方，一定會有什麼東西存在！

「只有鬼魂可以感覺到這樣的情況！」

穆拉也跟著我摸摸地面，不過他感覺是嚇了一跳，身體往後跌坐到地面上。

「噢！」

「怎麼了嗎？」我轉頭去看穆拉，這時他正跌坐到地面上，眼睛看著前方。於是我往他看的方向看去，就看到一個小小的白色不透明凸起物。

這時我嘗試伸手去摸這個東西。好奇怪，我竟然可以觸碰到這個世界的東西！不過和平常我摸東西的感覺不太一樣，像是我戴著塑膠手套去摸那個東西。

我用力把那個東西拉了出來，然後我就發出極大的慘叫聲。

「啊！！！」

它是人的骨頭，而且不是只有一根，是一具很完整的骨骸。當我把它拉出來，它的頭恰好轉到看著我的方向。

「這裡之前就是埋葬因為一百個鬼魂遊戲而死的人的地方！所以如果這是遊戲的起源地，同時也會是終結遊戲的地方！」坤庫老師說。

坤庫老師講完之後，我們就聽到周圍有很多講話聲，然後看到一些鬼魂，一個接著一個出現，最後多到我們已經無法計算有多少個。在這些鬼魂之中，有一些身體看起來怪怪的；有一些則是只有灰灰黑黑的輪廓。總之看來看去，就像是一大群來抗議的勞工團體！

於是我和穆拉馬上跑去坤庫老師後面躲起來，但是老師看起來一點都不害怕。

「嗯，應該要選哪一個呢？」這時老師把手放在背後，笑嘻嘻地說。

我覺得今天或許可以看到鬼魂的綜合體了。

故事 11

一百個鬼魂

有個女生正往一間獨棟房子走過去，而在那間房子裡面，則是有一位老婦人正坐在那裡。當那個女生看到那位老婦人時，她就馬上笑嘻嘻地跟她打招呼。

「您好！」

「嗯，妳好！請問有什麼事情嗎？」

「是的……我是小珠的小阿姨，聽她媽媽說她來朋友這裡，所以我來找她，然後帶她去買東西。」

「真的嗎？她們現在正在樓上，需要我去找她們下來嗎？」

「喔……沒關係！可以允許我去上面找她們嗎？這樣才不會太麻煩您。」

「當然可以啊！那就請妳自己上樓，她們現在可能在二樓，在我女兒的房間裡面。」

因為小娜的媽媽很單純，比較容易相信別人講的話，因此就讓那位記者上樓去了。

小娜家是一棟四層樓建築物，樓上有釘在牆上的架子，上面是祭拜佛像與佛牌的地方，旁邊則是掛滿了小娜家族祖先的照片。當這位記者走上樓之後，就突然聽到一個聲音。

叩！

她馬上停下腳步，以為這個聲音是從隔壁傳來的。當她要再次往前走的時候。

叩！

這時她感覺這個聲音不是從隔壁傳來的，而是從她所在的樓梯對面的房間傳來的。現在她看到那扇房門有震動的感覺，而且是跟著那個聲音的節奏，似乎像是有人正在拍打著那張門。

叩！

「應該是這個房間了吧！」她以為小珠她們是在這間房間裡面，但是到此時她還不知道，小娜家有一樓與二樓之間的閣樓，那間房間就是小娜家祭拜的地方。

「呃……」

那位記者馬上把原本要開門的手縮回來，然後轉過頭去，就看到小娜的媽媽正站在那邊，似乎很擔心她。

「是……是的！」

「這裡是我們祭拜的房間，妳一定要再往上走一層，那裡才是我們家的二樓。」

「喔！原來如此，真是謝謝您！」這位記者略帶一點尷尬地說，就馬上走到樓上。當她到了樓上，就看到房間前方的狹窄通道上，有一張搖椅，這時她馬上開門走進小娜的房間。進去之前，搖椅上並沒有任何人，不過在她確認過房裡沒有人而走出來時，就看到有位老奶奶正坐在那張搖椅上面。

「您好！您應該是小娜的外婆吧！」她向老奶奶打招呼。

老奶奶並沒有任何回應，此時搖椅依舊不停地搖，老奶奶也一直注視著女記者。

「呃……請問您是否看到小娜她們？」她問。

這一次老奶奶抬頭看了看樓上。

「喔！原來她們在樓上，真謝謝您！」她說完後，就從老奶奶身旁走過，然後往三樓走上去。而當她一走上去的時候，那位老奶奶就突然消失不見了，只留下那張搖椅仍然在不停地搖動……

活的人

我、小川和那個古曼童在小娜家的頂樓上，到處追跑玩耍，這算是我們第一次和鬼魂玩的經驗。小川說它也算是我們看到的其中一個鬼魂。不過現在已經快要天黑了，卻還沒有看到小露。

「小娜！妳覺得小露去哪裡呢？」我坐在小娜的旁邊問，這時她正看著家裡的花盆。

「我怎麼會知道啊？說不定等一下它就來了。」

這時我將手伸進口袋，把那枚錢幣拿出來，接著說：「好奇怪，這一次錢幣似乎沒有什麼問題！」

「輪到我負責保管了嗎？」

「嗯，拿去吧！小心可別花掉了！」我邊說邊把錢幣丟給小娜。

「我沒有那麼笨好嗎？」

這時我把手機拿起來看，接著說：「我收到簡訊耶！」

「是誰發來的啊？」

「等等，讓我看看！」

喀擦！

「妳們好，我可愛的小女孩們！」我們突然聽到一個很討厭做作的聲音，伴隨著持續不停的快門聲。從這個聲音與拍照的聲音，我們不用猜也知道她就是……

「咦？是那位記者！」小娜邊指著她的臉邊說，看起來不太禮貌。不過我覺得那位記者比小娜更沒禮貌，怎麼能夠隨便跑到別人家裡呢？

「如果妳們想要出名，只要告訴我關於妳們學校那個可怕的遊戲，我就會把妳們的照片放在報紙的頭版！這樣好不好？」

「拜託！我們一點都不想！」我告訴記者。這時小川走過來我們這邊，告訴我古曼童不見了。

「我只是想要知道這件事情的真相。妳們想一想，現在大家可能已經知道了，先前在妳們學校死亡的學生，不是因為意外而死，而是因為一個可怕的遊戲而死！如果妳們不把真相說出來，可能就會讓外界對妳們學校有所誤解！」記者嘗試要說服我們。

「妳也讓全泰國的人都知道我們學校發生了什麼事，不是嗎？」

「拜託！那還不算深度的報導啦！現在我想要知道的是：那個遊戲怎麼玩？還有那個遊戲怎麼會讓人死呢？」女記者邊說邊想要再拍我們一次，不過在她按下快門之前，我已經先爬過那道圍牆到另一邊去了。

「等一下！等一下！我只是想拍妳的照片！」她一邊說，一邊想爬過圍牆跟著我去。

「小珠！我會下去跟我媽媽講！」小娜大聲地說，然後就和小川一起進去房子裡面，只留下我和女記者在這裡。這時我決定爬上樓梯，到上一層的陽台去，不過在上去的時候，我放慢了點速度，怕如果太快，會不小心掉下去。

「喂！小朋友，妳想一想。如果妳出名了，一定會有很多人想要訪問妳，或是想要拍妳的照片！如果幸運，說不定還有機會找妳拍電影呢！」

「我什麼都不需要！」我說得很大聲。現在我站在這層陽台靠近邊緣的地方，要是小娜看到我，一定會覺得我就是她那一天看到的女鬼！我再接著說：「妳知道嗎？妳現在正利用一些學生的死亡來換取妳賺大錢的機會！」

「沒辦法啊！我是記者，我一定要把真相報導給大家知道！」

我再往後退了一點，後面的邊緣只剩下一道低低的牆，下面則是大馬路。如果不小心掉了下去，只有死路一條。

女記者現在已經跟我到了上一層陽台，就連到這裡，她還是想要拍我的照片。這時我突然看到有道黑色陰影站在她的後面，當那位女記者正要按下快門的時候，她就突然發出了淒厲的叫聲。

「啊！！！！！！」

原來那陰影就是小娜之前跟我們講的黑衣女子。現在它就忽然跑到女記者前面，伸手抓住她的照相機。這時我才發現它長得很高，幾乎是我身高的一倍半，本來我覺得記者已經很高了，沒想到它比她還要高。

「救我一下！救我一下！」

這個時候，我覺得坤庫老師的護身符應該有用。另外，我也一定不會忘記跟小川說要算這一隻鬼！於是我馬上跑到記者旁邊，然後說：「妳放開照相機吧！」

「不！不！帶它走！帶它走！」

這時我馬上把坤庫老師的護身符丟到那個女鬼身上，不過它一點感覺都沒有。當然啦！坤庫老師的護身符既不是唸過經的米，也不是和尚唸經所灑出來的水，所以我也不能確定到底有沒有用。

「趕快走！」

那個黑衣女鬼用力把手甩開，力道大到讓女記者的照相機飛了出去，她因為可惜照相機，就往照相機掉落的地方跑過去。

「好啦！好啦！冷靜一點，讓我們好好談就好了。剛剛是因為我正要出去，而妳擋住了我的路，所以……」我嘗試要跟它談。
「出去！！」
「啊！」為了閃躲它揮動的雙手，我往外跑出去。這時我覺得它變得更高，手也變得比較長。現在我又和女記者在一起了，看起來就像我們是同一群的。
「那是什麼東西啊？」
「鬼啊！妳不是想要知道這個事情嗎？」我回答她。
「鬼……鬼！！我真的遇到鬼嗎？」她看起來幾乎要暈倒了。
「它應該是這間房子的鬼魂，我想是因為我們沒有先打招呼就跑進去，所以它才跑出來趕我們走。」
「不過它把我的照相機弄壞了啊！」
「那妳就回去要它賠妳錢吧！」我沒好氣地回答她，這時我正在找逃跑的方法。不過它好像不讓我們有逃跑的機會，現在它已經朝我們這邊走過來，不是！應該是飛了過來。
「啊！！！」這時我看到女記者因為害怕而驚慌失措，然後突然往後倒了下去！於是我趕緊伸出手去抓住她，不過由於她的體重比我還要重，所以過了沒幾秒，我就感覺自己已經快要撐不住了。

「妳不要放開我的手！」她對我說，不過我沒有時間注意，因為我正看著那隻飛近我們的鬼魂！現在很像一個巨人正要吃它那小小的食物。

「小珠！小珠！妳在哪裡？」聽到從下面陽台傳來小娜的聲音，我感覺就像是聽到天使的聲音。

「過來這裡吧！我快要不行了！趕快來！我在頂樓！」我大聲地對小娜說。

這時黑衣女鬼轉頭去看後面，突然消失不見！我終於鬆了一口氣，心想難道那個女鬼會害羞嗎？所以它不想見到太多人。

「我在這裡！過來幫我一下！快一點！有人快要掉下去了！」我大叫。

這時小娜和小川紛紛大叫，接著就馬上跑到我們所在的地方，然後小娜對我們說：

「我媽媽正要報警！」

「先趕快救我好不好！！」記者不斷地抱怨。我心想如果她再繼續這樣，就讓她掉下去好了。

「小娜！妳那邊有沒有繩子？先救女記者好了！」

「什麼？她掉下去了嗎？她已經死了嗎？」小川問，感覺是嚇了一跳。

「如果妳們不趕緊來救她，她就要死了！因為我幾乎快撐不住了！」我大叫。

「啊！千萬不要放開我啊！」

「四樓有一扇窗戶剛好在那位記者下方！等我一下，我會下去從窗戶把她的身體給拉進去的。」小娜對我說。

「快點吧！」

小娜和小川馬上跑下去，我則是用腳撐著牆，避免我會和她一起掉下去。不過要是我真的支撐不住，也只有讓她掉下去這一條路了，反正這不是我的錯。

這時我聽到從下面傳來了推動窗戶的聲音。

「小珠！我在這裡！」

「讓她踩在窗戶邊緣上吧！」小川說。

「小珠！妳慢慢地讓她靠近這裡，可以嗎？」

我嘆了口氣說：「我會盡量試試看。」於是我彎著身子，慢慢地嘗試讓她可以站在四樓窗戶的邊緣上。現在那位女記者仍然不停地大叫，讓我真的很想放開手讓她掉下去！接

著小娜和小川嘗試把女記者拉進去，當我可以把手放開的時候，整個人感覺輕鬆了許多。

「呼……」

我坐在地板上，感覺自己已經完全沒有力氣了。不過現在我只剩下最後一個鬼魂要看，無論是只看到陰影、頭、腳或是一顆牙齒，我一定要看到！

嘻……嘻……嘻……

這時又聽到讓我起雞皮疙瘩的聲音了！

嘻……嘻……嘻……嘻……

我試著去找聲音的來源，就突然看到一個老人站在某戶人家的屋頂上面，看他站在那裡的樣子，似乎一點都不怕掉下去。

「雖然只剩下一個……但是妳也找不到……」

呃！怎麼會這樣說？我可是快要贏了！

「我不是說過了嗎？不會有人贏我的遊戲的，因為我不會讓任何人贏！」

「你這個騙子！如果我們會找到一百個鬼魂，就算是我們贏了啦！這不是你自己設下的規則嗎？」

「剩下的時間，我會把妳們全都殺掉，就不會有人可以贏我的遊戲了！！」

我在心裡不斷地咒罵這個老人，怎麼可以這樣呢？

「小珠！」

我閉上眼睛只不過一下下的時間，那個老人就突然出現在我面前，就像是高速網路那樣快速！這時我馬上從地板上站起來，然後往左邊跑去。過一下子，就有一個東西碰到我的身體，讓我失去平衡往前大約五步的距離，跌在地上。

「小珠！我在這裡！」

我不知道是誰叫我，我也看不到它。當我跌倒的時候，額頭不小心撞到地面上的水泥，讓我感到相當暈眩。

「小珠！」

我會就這樣死去了嗎？現在的我很想嘲諷自己，不是說好不要再和這個遊戲扯上關係了嗎？不過現在卻幾乎要賠上自己的生命！

當我嘗試讓自己從暈眩狀態中回復，就看到在我前面約兩公尺的地方，有一團灰色陰影正飄浮在那裡。此時那個陰影低頭看著我，我才發現原來這個陰影就是我的好朋友——小露！

小露的臉現在看起來幾乎沒有什麼顏色，而且有呆滯的感覺。這時我突然想到了一件事情。

我很想對自己苦笑，為什麼之前我沒有先想到這件事情呢？我怎麼會跳過離我最近的而去尋找比較遠的呢？

「太晚了，老人……」我嘗試要說出這句話。

「第一百個鬼魂……遊戲結束了……我們贏了……」

死的人

對於世界上的事情來講，非好即壞，有時候我們運氣好，會遇到好事；有時候我們運氣壞，就會遇到壞事，不外乎這兩種可能性。所以回到現在的情況，目前我們只有兩個選擇：第一，被一隻鬼殺掉；第二，被一群鬼殺掉，現在就看看哪一個是好事，哪一個是壞事了。

那些鬼魂看起來很難過，我無法想像當它們還是人的時候會是什麼樣子，我也不懂它們為什麼會變成現在這個樣子，更無法了解為什麼它們會集合在這個地方。到底是誰殺了它們？

所有答案都指向一個人，就是創造出一百個鬼魂遊戲的瘋子老人！

其實現在我們看到的鬼魂並沒有陷入遊戲的連鎖，不過背後一定有原因讓它們無法好好安息，就像是有一道無形的牆，把它們關在這個地方，哪裡都不能去！

「噢！原來這一百個鬼魂就是為了創造一百個鬼魂遊戲的犧牲者！為什麼要這樣呢？」穆拉問。

「是為了建立遊戲的規則啦！只要我們毀掉這個遊戲的起源，就可以徹底摧毀掉一百個鬼魂的遊戲！」坤庫老師一派輕鬆地回答。

「我們應該怎麼做呢？」

老師笑嘻嘻地回答：「就先把簡單的事情完成，把創造遊戲時賦予的經文去除掉！」

「什麼經文？看起來並沒有什麼啊！」我邊說邊環顧著四周。

「你們是否看到有十三棵樹把這個地方圍了起來？」坤庫老師一邊說，一邊走到其中一棵樹旁邊，那裡還有一個鬼魂，不過老師看起來一點都沒有害怕的感覺。然後老師說：「之前這些鬼魂的血，被擦在這些樹上。因此，就像一道無形的屏障，把它們都關在這個地方。」

這時我走過去找坤庫老師，仔細看著老師旁邊那一棵樹，發現樹身上有一些看起來舊舊的咖啡色痕跡，上面還寫著一些奇怪的文字。

「那為什麼……它們對我們並無想像中凶猛呢？」穆拉什麼事情都想發問。

「是因為它們要請我們幫忙，所以才不會對我們有不好的舉動。」阿偉說。

對喔！那些鬼魂雖然往我們靠近，不過沒有任何一個鬼魂想要攻擊我們，它們只是納悶地看著我們，應該是想知道我們到底來這裡幹嘛！

老師從地上撿起一根樹枝，用力地把樹幹上的文字刮除掉，而我、穆拉和阿偉也馬上加入老師的行列。過程之中，我看到老師一直不斷地擦著臉上的汗水，最後好不容易才把樹身上的文字全部去除掉。很多鬼魂也一直注視著我們，似乎對我們的動作感到很有興趣。

「請幫幫我們……請幫幫我們……」

由於鬼魂的數量實在太多，所以這些請求聲就像是有好幾部和聲，此起彼落。這時我看到老師跑到中間的小山丘上，嘴巴裡唸唸有詞，像是在唸什麼經文。

不久，就有從地面下噴出來的風，把那些鬼魂一個個吸到地底下去，所以眼前的鬼魂也就一個個慢慢消失不見。這時我們都看得目瞪口呆，著實被這樣的場景給嚇了一跳，沒想到坤庫老師只是唸了些經文，那些鬼魂竟然就不見了！

時間不到一分鐘，全部的鬼魂已經消失不見了，只剩下這一片空曠的地方與微風吹動樹梢的聲音。

「哇！老師很像魔術師耶！您怎麼有辦法啊？」穆拉邊說邊不停地拍手。

「這就是其中一件我對自己感到很驕傲的事情，我可以開一道門讓這些鬼魂從人世去到鬼界！不過我沒有辦法讓在鬼界的鬼回到人世去。」坤庫老師說。

「噢！那就表示老師已經送它們回鬼界了嗎？」

「對的！我之前也嘗試用這個方法，把希麗察送去鬼界！不過如果鬼魂在人世還有事情要處理，它是不會去的！還好剛剛那些鬼魂都想要好好地安息，讓這件事情變得比較簡單多了。」老師邊說邊從那座小山丘走下來。

「老師這樣的能力是從哪裡來的呢？」我問老師。

「因為我爸爸是降頭師啊！不過如果我不是鬼魂，我也沒辦法做得那麼好。不知道為什麼，我死了之後，不但變得比較厲害，也感覺年輕許多！」老師面露微笑地說。

「鬼魂本來就沒有什麼年齡。」阿偉說，看起來像是潑了坤庫老師一盆冷水。然後阿偉接著說：「我們先找辦法回去我們的地方吧！特別是那位男孩，他也一定要找辦法回去他自己的身體！」

穆拉想了一下，然後馬上說：「噢！慘了！到底是過幾天了呢？」

故事12

摧毀連鎖

有位老男人正站在小娜家前面的電線桿下面，一隻手放在他很愛的袋子裡面。從外表看起來，他就像是一個從外地來曼谷找工作的普通人。

坤庫老師的爸爸抬頭看著某棟房子頂樓，邊看邊嘆氣。他心想如果自己有翅膀的話，他現在就很想飛上去那裡，看看所有的事情是不是按照他的計畫進行，但他沒有辦法，儘管他是一位降頭師，不過終究還是個普通人，更不用說他現在年紀比較大了，身體也比較虛弱了。

其實他給小珠的東西，並不是坤庫老師的護身符，而是七座墳墓的混合土，然後被放進小袋子交給小珠，功用則是可以把其他鬼魂吸引過來。主要是因為他知道小珠她們一定會再重新玩一百個鬼魂的遊戲，如果小珠身上有這七座墳墓的土，就會有很多鬼魂來找她，要贏這個遊戲的機會就會大增。特別是小珠學校裡的鬼魂也會來找她，她為了保護學校的名聲，一定會用盡全力來摧毀一百個鬼魂的遊戲。因此，那位女記者會知道一百個鬼魂的遊戲，也是因為他。

其實坤庫老師的爸爸之所以把小珠作為其中一個棋子，是因為他確信這個女孩一定會做得到，她一定能夠摧毀一百個鬼魂的遊戲，讓他的兒子不會陷入這個遊戲的連鎖之中；另外他也發現，在某些部分，小珠和他的兒子其實是很相像的！所以當他的兒子死了之後，他相信小珠可以取代兒子去完成未完成的事情。

不過只有一件事情是他沒有想到的，那就是在人世間，小珠嘗試要去摧毀一百個鬼魂的遊戲；同時在鬼界，他的兒子也嘗試要去摧毀這個遊戲！

他之前的計畫可能會成功，也可能會失敗，不過無論如何，他也一定會竭盡全力去幫忙他的兒子。

現在是晚上七點四十五分……小珠正站在小娜家的頂樓，情況並不如想像中那麼好。

同樣在晚上七點四十五分……坤庫老師正送很多鬼魂回去它們應該存在的世界。

而且在晚上七點四十五分……坤庫老師的爸爸消失在黑暗中。

最後在晚上七點四十五分……一百個鬼魂的遊戲被摧毀了！

活的人

我深深地吸了一口氣，然後一直重複說著這句話。

「我們贏了……我們已經找到所有鬼魂了……」

現在只聽到很憤怒的呼吸聲當作給我們的回應。

「我們贏了……」

那個老人生氣所發出來的聲音，大到像是打雷的聲音，幾乎把我的聲音完全掩蓋住，我也感覺到現在地板正不停地震動。我心想：如果這樣狀態持續五分鐘，說不定這棟房子就會突然倒塌！

「妳一定沒有辦法贏我！不可能！」

他說完才一轉眼的時間，我就看到那個老人被兩邊的風包夾住，然後瞬間被冷凍起來，現場只留下他極為大聲的慘叫聲！

「不！！！！！！」

我慢慢地閉上眼睛，心想所有的事情都已經結束了，都完成了。因此，就算現在我死了，也沒有什麼事情需要擔心了……我已經贏了，大家都贏了……

「小珠……」

「喂！小珠！」

「小珠！妳還好嗎？」

我面露微笑地回答：「我好睏喔……」

「拜託妳先不要死啊！」這不是小娜的聲音，就是小川的聲音。

這時我眼睛睜開了一點點，感覺到有微風從我臉上輕拂而過，就看到小露飄浮在我的面前，身體四周像是被風包圍住，不用再和什麼奇怪的東西黏在一起了。

「妳們……妳們看到了什麼嗎？」

「看到什麼東西？」

「我……我的身體不用再跟什麼東西黏在一起了……妳們看……我已經自由了！」

「好耶！」

大家對於這件事情都很高興，特別是小露，它用力抱著我，忍不住興奮地不斷跳動。不過它的身體現在感覺很像是被塑膠包覆著，沒有溫熱的感覺，不過無論如何，大家都是真的很高興，小娜和小川更是開心到又跳又叫呢！

我高興了一下子，不過現在我覺得眼皮越來越沉重，不曉得是什麼原因。

我很想睡……我先睡囉……晚安……

死的人

現在穆拉家空空的。

我、穆拉、坤庫老師和阿偉先在外面看看情況，猜想一定有什麼事情發生，而且不會是好事。

然後，坤庫老師就帶著穆拉走進房子裡面，我和阿偉則是在外面等待著。

「到底發生了什麼事呢？」我對自己說。

「太晚了，時間已經過了二十一天，該怎麼回去原來的身體呢？因為已經太久沒進食了，所以不管是誰看到那具身體，都會以為那個人已經死了！」

我心裡略帶不捨地問：「真的嗎？」

不久，就看到坤庫老師帶著穆拉走出來，臉色看起來不太好。

這時因為看到大家的神情都很嚴肅，所以我也不敢問關於穆拉身體的事情。

「我想跟大家說聲抱歉，是因為我才讓大家比較麻煩！但是……」穆拉對大家說。

「現在我們一定得先去醫院！」坤庫老師說。

「是的，我的身體現在在醫院，已經變成陷入沉睡的王子了。」穆拉說。

我鬆了一口氣說：「我還以為你的身體不見了。」

「拜託！小潘小姐！請妳不要這麼說好嗎？」

「穆拉算是滿幸運的，因為意外導致棉線先被蠟燭給燒斷，如果是蠟燭先熄滅的話，他的靈魂可能就沒有辦法回去了。」坤庫老師給大家說明。

「咦？那當棉線被燒斷的時候，為什麼他沒有馬上被拉回去呢？」

「在一般情況之下，當棉線斷了，靈魂是會被馬上拉回身體的。不過可能是因為當時穆拉的靈魂離可被拉回的區域太遠，才沒有馬上被拉回去！因此，現在他必須馬上到醫院去，才能夠回去原來的身體。」

「所以我才要和大家道歉，害大家還必須陪著我去醫院。」

「這就是事情的來龍去脈。」坤庫老師說完，就轉過頭來看我，然後笑嘻嘻地說：「剛剛小潘看起來似乎快要哭出來了，還是只是我自己的錯覺啊！」

「哪有！我應該替穆拉感到高興才是，如果他沒有辦法回去原來的身體，他可能就要陪我一起去地獄了。」

這次坤庫老師並沒有什麼回應，只是笑嘻嘻地往前走。

不久，我聽到了有人唱歌的聲音，沒想到竟然是從坤庫老師口中傳出來的。

「……這個世界上有好幾百件事情等著我們去發現……但是人的生命有限而無法發現所有事情……儘管會遇到失敗……我們還是願意面對……雖然我們會變得越來越虛弱……不過我們還是不會停止……一定會繼續往前走……啦……啦……啦……」

「坤庫！請你唱適合年齡的歌好不好！」阿偉似乎想要阻止老師。

聽見阿偉的話，坤庫老師就馬上停止唱歌了。

故事13

一百個鬼魂遊戲的世界

今天我留在小娜家過夜，小川也同樣留了下來。關於那一位女記者，小娜的媽媽則是報警處理，表示她不但打擾別人，也嘗試騙別人，所以她被送去警察局接受調查。而報警這件事聽起來似乎嚴重了一點，不過一想到之前她那些糟糕的行為，感覺也是適得其所了。

我現在躺在小娜房裡的大床上面，把手機打開來看看。

「噢！妳記得之前小潘曾經發過簡訊給妳嗎？這件事我們幾乎都快忘記了，要不要打回去試試看啊？」小娜問我。

於是我找了找小潘的電話號碼，然後撥號出去。

這時我完全沒有聽到接通的鈴聲，不過就突然聽到有人回答的聲音。

「您好！是小珠學姊嗎？」

小娜和小川看著我，似乎很想知道到底發生了什麼事情，所以我打開手機的擴音功能，讓大家都能夠聽到。

「小潘！真的是小潘嗎？」

「真的是我，學姊怎麼會打給我呢？」

「妳現在在哪裡呢？」小川問。

「小川學姊妳好，我們現在在醫院，因為穆拉的身體被送過來這裡。之前穆拉為了把這支手機還我，就跑到鬼界來找我，小珠學姊知道這件事嗎？總而言之，現在坤庫老師正要送他的靈魂回去原來的身體。」

「坤庫老師也跟妳在一起嗎？」

「是的！噢！老師走過來了，老師……」

「是我……」

聽到老師的聲音，我們幾乎都快要停止呼吸，已經很久了，我們沒有聽過老師的聲音，儘管老師之前的聲音聽起來很快樂，不過還是帶有一點嚴肅的感覺。

「老師……真的是坤庫老師啊！」我很想哭，因為我完全沒有想到，會有機會打電話給老師的靈魂，還可以跟老師說話。

「小珠，妳以為會有人假裝是我嗎？很久之前，我就已經發簡訊給妳們了，因為我想要知道那個時候，妳們想怎麼做？」老師依舊是笑嘻嘻地說。

於是我告訴老師我們之前做了哪些事情，也告訴它我們已經贏了一百個鬼魂的遊戲，更沒有忘記告訴它我們還以為小露是人，所以就忘了算它也是鬼魂，直到最後我看到小露以灰色陰影的型態飄浮在空中時，才驚覺它也是鬼魂的烏龍事件。不過也多虧了小露，才讓我們能夠在二十一天之內，找到了一百個鬼魂。

「老師，我真的不懂，創造這個遊戲的那個瘋子老人，他一點都不想讓我贏他的遊戲，不過當時他就突然不見，到底為什麼會這樣呢？」

「小珠，這是因為在妳看到那個老人消失不見的時候，我剛好摧毀了一百個鬼魂的遊戲！」坤庫老師說，它也告訴我們它的計畫，就是要跑到泰國與柬埔寨的邊界去摧毀一百個鬼魂的遊戲。老師接著說：「但是我也很想罵妳，做什麼事情都不先問問我，就自己隨便亂做。如果我慢一天摧毀掉這個遊戲，妳們可能就已經遭到他的毒手了！」

「老師您在那裡過得還好嗎？那裡有 7-11 嗎？」小娜問。

「那是小娜的聲音嗎？如果有空，妳來跟我一起住，就會知道了！」

「哎唷！」

「對了，老師的護身符真的很棒，對鬼魂來講，有時候也挺有用的！」

「什麼護身符？」

「噢！就是老師常常放在身上的護身符啊！是老師的爸爸交給我的，我們也見識過，對於一些鬼魂挺有效果的！」

坤庫老師停了一下，然後聲音突然改變，接著說：「小珠！是不是一個黑色的袋子！」

「是……是的！」

「我覺得妳們被騙了！那並不是我的護身符，是從七座墳墓的土混和而成的，不但可以吸引鬼魂，還可以當作人世與鬼界相連接的門口！關於妳說對一些鬼魂有作用，我想是因為那時候剛好那個鬼魂被送過去鬼界吧！」

「老師說我被騙了，到底是什麼意思呢？」

「就是妳被我的爸爸騙了，他可能有一些計畫，會讓妳們再次跟一百個鬼魂的遊戲扯上關係！」老師嘆了口氣說。

「老師！我還是不太了解。」小川說。

「這就表示老師的爸爸想要利用我去贏一百個鬼魂的遊戲嗎？」

「我也不知道為什麼他要這麼做，但是現在妳已經安全，我也就安心了！」

「是的。」

「嗯，那妳不要忘記去拜訪一下穆拉囉！他在我之前住過的醫院，我覺得那裡的醫療設備也挺不錯的，只可惜我太快死了，不然應該會很快就復原了吧！」坤庫老師說。其實有時候我也不了解，為什麼坤庫老師可以把死亡當成稀鬆平常的事情呢？

後來，我們三個人就和老師提到學校與其他事情。不過關於鬼界的事情，老師表示因為有規定，所以也沒有辦法跟我們講太多。另外，他也告訴我們，反正等時間到了，就可以來這裡見識見識，不過可不要先來喔！

其實如果沒有了一百個鬼魂的遊戲，就不用害怕會先死了。

跟老師說完之後，小潘接著問了我一件事情。

「小珠學姊！妳還記得在前世妳是誰嗎？」

「怎麼了嗎？」

「我覺得……就是坤庫老師跟我們提到一個人的前世，而我覺得那個人就是小珠學姊啦！對妳來說，妳的前世發生過什麼事情，妳知道嗎？」

這時小娜和小川一臉疑惑地看著我，我回答小潘：「對我來講，我不想知道的我前世做了什麼事情，因為我覺得這對我的生命並沒有什麼幫助。而且知道或是不知道，對我來講都差不多！」

「是！」

「不過無論如何，我祝妳好運！而且那裡應該會有 7-11 吧！」

小潘笑了一下，我們就結束了通話。

「我們可以跟坤庫老師聯絡，是因為那一小袋東西嗎？但……」小娜不敢置信地說。

現在我把小川剛剛才還給我的護身符打開來看，裡面真的如同坤庫老師所說，是一些泥土，到這個時候我們才感覺真的被騙了。

「我還是很好奇，為什麼坤庫老師的爸爸對妳那麼感興趣？還有，為什麼連創造一百個鬼魂的遊戲的那個老人，也對妳很感興趣呢？」小娜問。

「我也不知道，說不定……是因為我很漂亮吧！」我回答，一副莫可奈何的樣子。

「噁心！」

「哈！哈！哈！」

那一天晚上，我們三個人都睡死了，因為在找鬼的這二十一天內，實在是太累了。而在夢境之中，我也夢到了坤庫老師、小潘和另外一個男孩子在路上走著，然後就消失不見。另外，我也夢到一個鬼魂跟在他們後面。

過沒幾天，關於一百個鬼魂的遊戲的新聞就消失了。新聞就是這樣，如果沒有人持續去挖去報導，它很快就會不見了。之後有一天，我、小娜和小川就準備一些東西到學校門口，想要祭拜一下門神，請祂放學校裡面的鬼魂出去，好讓它們可以好好地安息。後來某一天晚上，學校裡的鬼魂就來跟我說再見，準備回去它們應該去的地方。

不好的事情已經過去了，好的事情應該就離我們不遠了。現在，我們正值高一升高二的期末考，這樣的情形給了我很大的壓力，也讓我忘了一百個鬼魂的遊戲好一段時間。有一天，我在學校前面的公車站牌遇到娜帕小姐，她穿著黑色衣服，看起來很像是要去參加喪禮。當我跟她聊過之後，才知道原來她的媽媽已經過世了，她打算搬去位於其他城市的外婆家，這可能是我們最後一次的見面吧！

有時候，我會回想起發生過的事情。我失去了老師、朋友和學妹，幾乎也快要失去自己。我都沒想到自己竟然能夠贏一百個鬼魂的遊戲，這有大部分的原因，是來自於學校裡的鬼魂的協助，當然，我也不會忘記那些一起赴湯蹈火的好朋友們。所有事情的發生似乎都只是在一瞬間，不過這些事情都會成為我腦中永恆的記憶。

後來有一天，小露來找我們，為了跟我們說再見，那一天，我大哭一場。其實平常我不太容易哭，不過這一次我掉的是高興感動的眼淚，這些眼淚也就算是為了我之前所做的所有事情而流，包括錯的事情與累的事情。最後，對於過去所有發生的事情，我真正的感覺不是高興，而是後悔，不管時間過了多久，我仍然會對這些事情感到愧疚。

錯誤就像是我們身上的傷口，要看我們是否能夠把它做為人生的教訓，或只是把它放在心裡深處，等它有一天再度回來傷害我們。

今天我坐在悶熱的教室裡面，一直用筆不斷地敲打桌面，眼睛則是注視著桌上的考卷，寫著自己也不知道什麼時候曾經學過的這些東西！我現在的學生生活很平常，好像好幾個月前，什麼事情都沒有發生過。但是隨著時間的流逝，也讓我學到了很多，也教導我要特別注意一些事情。誰知道幾秒之後，頭頂上的風扇可能就會掉在我的頭上；也說不定幾天之後，我會發現自己原來得了癌症。

一百個鬼魂的遊戲就像一把雙面刃，雖然傷害我們，卻也教了我們很多事情。到這個時候，我也不知道到底有誰玩過一百個鬼魂的遊戲，但是我也不想知道了，我從中領悟到兩件事情，那就是：第一，患難中才能找到真正的朋友；第二……生命是很可貴的，除了自己之外，是沒有人能夠幫忙的。

那你呢？有沒有聽過一百個鬼魂的遊戲呢？

《百靈遊戲3》完

第四冊封面繪製中

《百靈遊戲 4》搶先看

預計 2015 年 5 月出版

故事 輪迴

但是現在的我，只能站在這裡看她跑走。而在她離開之前，她突然跟我講了最後一句話：

「我們全部一定都會死！」

前方的鏡子反射出我的影像，此時我正在梳著頭髮，而心思則是已經不知道神遊到哪裡去了。

「姊！」

我眨了眨眼睛，從前方的鏡子裡看到了我後面的影像。是一個女孩子站在我房間的門口，她正探著頭往我房間裡看，似乎很好奇我正在做什麼。而此時我注意到她的雙眼看起來非常地明亮，和我那冷淡無神的眼睛一點都不一樣！

「洗澡了沒？等一下就來不及上學了，不要只會一直玩！」我對著她說。

「今天姊姊可以幫忙我編辮子嗎？」她邊說邊拿著她那黑色的長髮把玩，接著就走進了我的房間。今天的她，穿著國中學生的新制服，走到我身旁很高興地對我說：「今天我就要變成國中生了！」

「不是會變成，而是已經是了啦！」我對她說，同時給了她一個微笑，而她則是走到我剛剛坐著的地方，然後坐了下來。接著我就摸著她那黑色的秀髮，溫柔地梳了梳。

「姊，今天妳也是國三生了，我可以問妳一件事情嗎？」

「可以啊，請說。」

「姊，妳有男朋友了嗎？」這個小女孩俏皮地問了我這個問題，而我則只想用微笑來回答。

「好啦！不要不說話啦！我保證不會跟任何人講，所以姊姊妳到底有沒有男朋友啊？還是已經有心儀的對象了呢？」

「我沒有想過那樣的事情，妳就不要再問了，如果媽知道我們在聊這個話題，我們兩人一定會被罵一頓的。」我回答。

「哎唷！姊，妳就不用管媽媽了，這件事情我們兩個人知道就好了。好啦好啦！姊姊妳就告訴我，妳到底有沒有男朋友吧……欸！還是就是那個來我們家找妳的小伊哥？」

現在我扠著腰，看著鏡子中妹妹的臉，然後接著說：「不要再說了，小伊只是我的朋友，我跟他並沒有任何特別的關係！而且我現在根本就沒有特別喜歡的人！」

「真的嗎？」

我試著不去理會她，不過她仍然持續嘰嘰喳喳講個不停。

「那應該是誰呢？會讓我姊姊希麗察的心融化呢？」

「妳又在亂講愚蠢的夢幻故事了。」

「噢……小姐！」她轉頭來抓住我的手，然後幻想自己是愛情故事中的男主角，對著我說：「您的眼睛很漂亮，而您的臉蛋更是出眾！希麗察小姐，請給我一個機會，接受我對您深深地愛慕之意吧！」

我笑了笑。

關於我小時候的生活，就和普通的小孩子沒什麼兩樣，直到有一天在學校裡遇到了一件事情，我的人生才開始產生了變化。在那個時候，學校裡正在流傳著關於一個遊戲的故事，而後來在我們學校裡面，也確實有學生玩了這個遊戲。不過雖然這個事件傳得沸沸揚揚，我卻仍是一知半解。

「它似乎是某種遊戲，雖然我對這個遊戲不是很了解，但是我知道大家叫這個遊戲為『一百個鬼魂的遊戲』！」小伊在中午吃飯的時候，和我聊到了這件事情。

「聽起來也蠻有趣的，可能是從國外流傳過來的遊戲吧！」我邊吃午餐邊說。

「咦？那些人他們正在做什麼呢？」小伊邊說邊轉頭去看後面，我也跟著轉過頭去。這時，我們看到幾乎整間餐廳的學生都朝那跑了過去，所以我們也好奇跟著過去，想知道到底發生了什麼事情。

小莫、小波與其他兩三個女學生正站在人群中間，圍觀的人群則是聚精會神地聽著小莫講話，看來她正說著一件讓大家感興趣的事情！

「……那真的是超級恐怖的，不但蠟燭突然熄滅，也颳起了一陣怪風，最可怕的是，那個時候房間的窗戶全都緊閉，我們全部的人幾乎都要停止呼吸了！不過我們還是遵循著遊戲的規則，請小波把那枚錢幣翻了過去，同時說……『找到鬼魂！』只是說了這幾個字後，周遭就颳起像是颱風一樣的強風，那時凱兒則是一直不斷地放聲大叫，我問她到底是看到什麼？」

「我真的看到了……我看到了……」凱兒說出了這句話。

鈴——

「上課的時間到了！」小伊馬上從人群中走出去，我則是跟隨著他的腳步。

「你覺得小莫所講的故事是真的嗎？」回教室的路上，我邊走邊問了小伊這個問題。

「當然是假的啦！小莫這個人妳又不是不認識。」小伊回答。

「但是聽她所講的這個故事，的確挺恐怖的呢！尤其是……錢幣什麼的……」我說。

「先不管這件事情了，下一堂是桑買老師的課，我們如果再不快一點，就要吃棍子了！」

「這倒是真的！！」

那之後……我就把小莫所講的故事忘得一乾二淨了。

……更多鬼魂故事請看《百靈遊戲4》

Redbird09

百靈遊戲 3

與另一個世界通話中

作者 凱佳（Kajao）
譯者 E・Q
繪者 哈尼正太郎
編輯 古貞汝
校對 連玉瑩
美術完稿 黃祺芸
企劃統籌 李橘
總編輯 莫少閒
出版者 朱雀文化事業有限公司
地址 台北市基隆路二段 13-1 號 3 樓
電話 02-2345-3868
傳真 02-2345-3828
劃撥帳號 19234566 朱雀文化事業有限公司
e-mail redbook@ms26.hinet.net
網址 http://redbook.com.tw
總經銷 大和書報圖書股份有限公司（02）8990-2588
ISBN 978-986-6029-83-7
初版一刷 2015.04

定價 220 元

國家圖書館出版品預行編目

百靈遊戲 3：與另一個世界通話中 /
凱佳（Kajao）著；E・Q 翻譯
-- 初版 . -- 臺北市 : 朱雀文化 ,
2015.04
面 ; 公分 . -- (Redbird ; 09)
ISBN 978-986-6029-83-7(平裝)

868.257 104002220